MASSENSTREIK, PARTEI UND GEWERKSCHAFTEN

ROSA LUXEMBURG

Herausgeber: Culturea (34, Hérault)
Druck: BOD - In de Tarpen 42, Norderstedt (Deutschland)
Website: http://culturea.fr
Kontakt: infos@culturea.fr
ISBN:9791041909452
Veröffentlichungsdatum: FEBRUAR 2023
Layout und Design: https://reedsy.com/
Dieses Buch wurde mit der Schriftart Bauer Bodoni gesetzt.

ER WIRT MIR GEBEN

I.

Fast alle bisherigen Schriften und Äußerungen des internationalen Sozialismus über die Frage des Massenstreiks datieren aus der Zeit vor der russischen Revolution, dem ersten geschichtlichen Experiment mit diesem Kampfmittel auf größter Skala. Daher erklärt sich auch, daß sie meistenteils antiquiert sind. In ihrer Auffassung stehen sie wesentlich auf demselben Standpunkt wie Friedrich Engels, der 1873 in seiner Kritik der Bakunistischen Revolutionsmacherei in Spanien schrieb:

»Der allgemeine Streik ist im Bakunistischen Programm der Hebel, der zur Einleitung der sozialen Revolution angesetzt wird. Eines schönen Morgens legen alle Arbeiter aller Gewerke eines Landes oder gar der ganzen Welt die Arbeit nieder und zwingen dadurch in längstens vier Wochen die besitzenden Klassen, entweder zu Kreuze zu kriechen oder auf die Arbeiter loszuschlagen, so dß diese dann das Recht haben, sich zu verteidigen und bei dieser Gelegenheit die ganze alte Gesellschaft über den Haufen zu werfen. Der Vorschlag ist weit entfernt davon, neu zu sein; französische und nach ihnen belgische Sozialisten haben seit 1848 dies Paradepferd stark geritten, das aber ursprünglich englischer Rasse ist. Während der auf die Krise von 1837 folgenden raschen und heftigen Entwicklung des Chartismus unter den englischen Arbeitern war schon 1839 der »heilige Monat« gepredigt worden, die Arbeitseinstellung auf nationalem Mßstab (siehe Engels: »Lage der arbeitenden Klasse«, zweite Auflage, Seite 234), und hatte solchen Anklang gefunden, dass die Fabrikarbeiter von Nordengland im Juli 1842 die Sache auszuführen versuchten. – Auch auf dem Genfer Allianzistenkongreß vom 1. September 1873 spielte der allgemeine Streik eine große Rolle, nur wurde allseitig zugegeben, dass dazu eine vollständige Organisation der Arbeiterklasse und eine gefüllte Kasse nötig sei. Und darin liegt eben der Haken. Einerseits werden die Regierungen, besonders wenn man sie durch politische Enthaltung ermutigt, weder die Organisation noch die Kasse der Arbeiter je soweit kommen lassen, und anderseits werden die politischen Ereignisse und die Übergriffe der herrschenden Klassen die Befreiung der Arbeiter zu Wege bringen, lange bevor das Proletariat dazu kommt, sich diese ideale Organisation und diesen kolossalen Reservefonds anzuschaffen. Hätte es sie aber, so brauchte es nicht den Umweg des allgemeinen Streiks, um zum Ziele zu gelangen.«

Hier haben wir die Argumentation, die für die Stellungnahme der internationalen Sozialdemokratie zum Massenstreik in den folgenden Jahrzehnten maßgebend war. Sie ist ganz auf die anarchistische Theorie des Generalstreiks zugeschnitten, d. h. auf die Theorie vom Generalstreik als Mittel, die soziale Revolution einzuleiten, im Gegensatz zum täglichen politischen Kampf der Arbeiterklasse, und erschöpft sich in dem folgenden einfachen Dilemma: entweder ist das gesamte Proletariat noch nicht im Besitz mächtiger Organisationen und Kassen, dann kann es den Generalstreik nicht durchführen, oder es ist bereits mächtig genug organisiert, dann braucht es den Generalstreik nicht. Diese Argumentation ist allerdings so einfach und auf den ersten Blick so unanfechtbar, daß sie ein Vierteljahrhundert lang der modernen Arbeiterbewegung ausgezeichnete Dienste leistete, als logische Waffe wider die anarchistischen Hirngespinnste und als Hülfsmittel, um die Idee des politischen Kampfes in die weitesten Kreise der Arbeiterschaft zu tragen. Die großartigen Fortschritte der Arbeiterbewegung in allen modernen Ländern während der letzten 25 Jahre sind der glänzendste Beweis für die von Marx und Engels im Gegensatz zum Bakunismus verfochtene Taktik des politischen Kampfes, und die deutsche Sozialdemokratie in ihrer heutigen Macht, in ihrer Stellung als Vorhut der gesamten internationalen Arbeiterbewegung, ist nicht zum geringsten das direkte Produkt der konsequenten und nachdrücklichen Anwendung dieser Taktik.

Die russische Revolution hat nun die obige Argumentation einer gründlichen Revision unterzogen. Sie hat zum ersten Male in der Geschichte der Klassenkämpfe eine grandiose Verwirklichung der Idee des Massenstreiks und – wie wir unten näher ausführen werden – selbst des Generalstreiks gezeitigt und damit eine neue Epoche in der Entwicklung der Arbeiterbewegung eröffnet. Freilich folgt daraus nicht etwa, dß die von Marx und Engels empfohlene Taktik des politischen Kampfes oder ihre an dem Anarchismus geübte Kritik falsch war. Umgekehrt, es sind dieselben Gedankengänge, dieselbe Methode, die der Marx-Engelschen Taktik, die auch der bisherigen Praxis der deutschen Sozialdemokratie zu grunde lagen, welche jetzt in der russischen Revolution ganz neue Momente und neue Bedingungen des Klassenkampfes erzeugten. Die russische Revolution, dieselbe Revolution, die die erste geschichtliche Probe auf das Exempel des Massenstreiks bildet, bedeutet nicht bloß keine Ehrenrettung für den Anarchismus, sondern sie bedeutet geradezu eine geschichtliche Liquidation des Anarchismus. Das triste Dasein, wozu diese Geistesrichtung von der mächtigen Entwicklung der Sozialdemokratie in Deutschland in den letzten Jahrzehnten verurteilt war, mochte gewissermßen durch die ausschließliche Herrschaft und lange Dauer der parlamentarischen Periode erklärt werden. Eine ganz auf das »Losschlagen« und die »direkte Aktion« zugeschnittene, im nacktesten Heugabelsinne »revolutionäre« Richtung mochte immerhin in der Windstille des parlamentarischen Alltags nur zeitweilig verkümmern, um erst bei einer Wiederkehr der direkten offenen Kampfperiode, bei einer Strßenrevolution aufzuleben und ihre innere Kraft zu entfalten. Zumal schien Rußland besonders dazu angetan, das Experimentierfeld für die Heldentaten des Anarchismus zu werden. Ein Land, wo das Proletariat gar keine politischen Rechte und eine äußerst schwache Organisation hatte, ein buntes Durcheinander verschiedener Volksschichten mit sehr verschiedenen, wirr durcheinanderlaufenden Interessen, geringe Bildung der Volksmasse, dafür äußerste Bestialität in der Gewaltanwendung seitens des herrschenden Regimes – alles das schien wie geschaffen, um den Anarchismus zu einer plötzlichen, wenn auch vielleicht kurzlebigen Macht zu erheben. Und schließlich war Rußland die geschichtliche Geburtsstätte des Anarchismus. Allein, das Vaterland Bakunins sollte für seine Lehre zur Grabesstätte werden. Nicht bloß standen und stehen in Rußland nicht die Anarchisten an der Spitze der Massenstreikbewegung; nicht bloß liegt die ganze politische Führung der revolutionären Aktion und auch des Massenstreiks in den Händen der sozialdemokratischen Organisationen, die von den russischen Anarchisten als »bürgerliche Partei« bitter bekämpft werden, oder zum Teil in den Händen solcher mehr oder weniger von der Sozialdemokratie beeinflußten und sich ihr annähernden sozialistischen Organisationen, wie die terroristische Partei der »Sozialisten-Revolutionäre«, – die Anarchisten existieren als ernste politische Richtung überhaupt in der russischen Revolution gar nicht. Nur in einer litauischen Kleinstadt mit besonders schwierigen Verhältnissen – bunte nationale Zusammenwürfelung der Arbeiter, überwiegende Zersplitterung des Kleinbetriebs, sehr tiefstehendes Proletariat –, in Bialystok, gibt es unter den sieben oder acht verschiedenen revolutionären Gruppen auch ein Häuflein halbwüchsiger »Anarchisten«, das die Konfusion und Verwirrung der Arbeiterschaft nach Kräften fördert, und letzthin macht sich in Moskau und vielleicht noch in zwei bis drei Städten je ein Häuflein dieser Gattung bemerkbar. Allein, was ist jetzt, abgesehen von diesen paar »revolutionären« Gruppen, die eigentliche Rolle des Anarchismus in der russischen Revolution? Er ist zum Aushängeschild für gemeine Diebe und Plünderer geworden; unter der Firma des »Anarcho-Kommunismus« wird ein großer Teil jener unzähligen Diebstähle und Plündereien bei Privatleuten ausgeübt, die in jeder Periode der Depression, der momentanen Defensive der Revolution wie eine trübe Welle emporkommen. Der Anarchismus ist in der russischen Revolution nicht die Theorie des kämpfenden Proletariats, sondern das ideologische Aushängeschild des kontrerevolutionären Lumpenproletariats geworden, das wie ein Rudel Haifische hinter dem Schlachtschiff der Revolution wimmelt. Und damit ist die geschichtliche Laufbahn des Anarchismus wohl beendet.

Auf der anderen Seite ist der Massenstreik in Rußland verwirklicht worden nicht als ein Mittel, unter Umgehung des politischen Kampfes der Arbeiterklasse und speziell des Parlamentarismus durch einen Theatercoup plötzlich in die soziale Revolution hineinzuspringen, sondern als ein Mittel, erst die Bedingungen des täglichen politischen Kampfes und insbesondere des Parlamentarismus für das Proletariat zu schaffen. Der revolutionäre Kampf in Rußland, in dem die Massenstreiks als die wichtigste Waffe zur Anwendung kommen, wird von dem arbeitenden Volke und in erster Reihe vom Proletariat gerade um dieselben politischen Rechte und Bedingungen geführt, deren Notwendigkeit und Bedeutung im Emanzipationskampfe der Arbeiterklasse Marx und Engels zuerst nachgewiesen und im Gegensatz zum Anarchismus in der Internationale mit aller Macht verfochten haben. So hat die geschichtliche Dialektik, der Fels, auf dem die ganze Lehre des Marxschen Sozialismus beruht, es mit sich gebracht, dß heute der Anarchismus, mit dem die Idee des Massenstreiks unzertrennlich verknüpft war, zu der Praxis des Massenstreiks selbst in einen Gegensatz gerathen ist, während umgekehrt der Massenstreik, der als der Gegensatz zur politischen Betätigung des Proletariats bekämpft wurde, heute als die mächtigste Waffe des politischen Kampfes um politische Rechte erscheint. Wenn also die russische Revolution eine gründliche Revision des alten Standpunkts des Marxismus zum Massenstreik erforderlich macht, so ist es wieder nur der Marxismus, dessen allgemeine Methoden und Gesichtspunkte dabei in neuer Gestalt den Sieg davontragen. Moors Geliebte kann nur durch Moor sterben.

II.

Die erste Revision, die sich aus den Ereignissen in Rußland für die Frage vom Massenstreik ergibt, bezieht sich auf die allgemeine Auffassung des Problems. Bis jetzt stehen sowohl die eifrigen Befürworter eines »Versuchs mit dem Massenstreik« in Deutschland von der Art Bernsteins, Eisners usw., wie auch die strikten Gegner eines solchen Versuchs, wie sie im gewerkschaftlichen Lager z. b. durch Bömelburg vertreten sind, im grunde genommen auf dem Boden derselben, und zwar der anarchistischen Auffassung. Die scheinbaren Gegenpole schließen sich nicht bloß gegenseitig aus, sondern, wie stets, bedingen auch und ergänzen zugleich einander. Für die anarchistische Denkweise ist nämlich die Spekulation direkt auf den »großen Kladderadatsch«, auf die soziale Revolution nur ein äußeres und unwesentliches Merkmal. Wesentlich ist dabei die ganze abstrakte, unhistorische Betrachtung des Massenstreiks, wie überhaupt aller Bedingungen des proletarischen Kampfes. Für den Anarchisten existieren als stoffliche Voraussetzungen seiner »revolutionären« Spekulationen lediglich zwei Dinge: zunächst die blaue Luft und dann der gute Wille und der Mut, die Menschheit aus dem heutigen kapitalistischen Jammertal zu erretten. In der blauen Luft ergab sich aus dem Raisonnement schon vor 60 Jahren, dass der Massenstreik das kürzeste, sicherste und leichteste Mittel ist, um den Sprung ins bessere soziale Jenseits auszuführen. In derselben blauen Luft ergibt sich neuerdings aus der Spekulation, dass der gewerkschaftliche Kampf die einzige wirkliche »direkte Aktion der Massen« und also der einzige revolutionäre Kampf ist – dies bekanntlich die neueste Schrulle der französischen und italienischen »Syndikalisten«. Das Fatale für den Anarchismus war dabei stets, dß die in der blauen Luft improvisierten Kampfmethoden nicht bloß eine Rechnung ohne den Wirt, das heißt reine Utopien waren, sondern dß sie, weil sie eben mit der verachteten, schlechten Wirklichkeit gar nicht rechneten, in dieser schlechten Wirklichkeit meistens aus revolutionären Spekulationen unversehens zu praktischen Helferdiensten für die Reaktion wurden.

Auf demselben Boden der abstrakten, unhistorischen Betrachtungsweise stehen aber heute diejenigen, die den Massenstreik nächstens in Deutschland auf dem Wege eines Vorstandsbeschlusses auf einen bestimmten Kalendertag ansetzen möchten, wie auch diejenigen, die, wie die Teilnehmer des Kölner Gewerkschaftskongresses, durch ein Verbot des »Propagierens« das Problem des Massenstreiks aus der Welt schaffen wollen. Beide Richtungen gehen von der gemeinsamen, rein anarchistischen Vorstellung aus, dß der Massenstreik ein bloßes technisches Kampfmittel ist, das nach Belieben und nach bestem Wissen und Gewissen »beschlossen« oder auch »verboten« werden könne, eine Art Taschenmesser, das man in der Tasche »für alle Fälle« zusammengeklappt bereit halten oder auch nach Beschluß aufklappen und gebrauchen kann. Zwar nehmen gerade die Gegner des Massenstreiks für sich das Verdienst in Anspruch, den geschichtlichen Boden und die materiellen Bedingungen der heutigen Situation in Deutschland in Betracht zu ziehen, im Gegensatz zu den »Revolutionsromantikern«, die in der Luft schweben und partout nicht mit der harten Wirklichkeit und ihren Möglichkeiten und Unmöglichkeiten rechnen wollen. »Tatsachen und Zahlen, Zahlen und Tatsachen!« rufen sie wie Mr. Gradgrind in Dickens' »Harte Zeiten«. Was die gewerkschaftlichen Gegner des Massenstreiks unter »geschichtlichem Boden« und »materiellen Bedingungen« verstehen, sind zweierlei Momente: einerseits die Schwäche des Proletariats, anderseits die Kraft des preußisch-deutschen Militarismus. Die ungenügenden Arbeiterorganisationen und Kassenbestände und die imponierenden preußischen Bajonette, das sind die »Tatsachen und Zahlen«, auf denen diese gewerkschaftlichen Führer ihre praktische Politik im gegebenen Falle basieren. Nun sind freilich gewerkschaftliche Kassen sowie preußische Bajonette zweifellos sehr materielle und auch sehr historische Erscheinungen, allein die darauf basierte Auffassung ist kein historischer Materialismus im Sinne von Marx, sondern ein polizeilicher Materialismus im Sinne Puttkamers. Auch die Vertreter des kapitalistischen Polizeistaats rechnen sehr, und zwar ausschließlich mit der jeweiligen tatsächlichen Macht des organisierten Proletariats, sowie mit der materiellen Macht der Bajonette, und aus dem vergleichenden Exempel dieser beiden Zahlenreihen wird noch immer der beruhigende Schluß gezogen: die revolutionäre Arbeiterbewegung wird von einzelnen Wühlern und Hetzern erzeugt, ergo haben wir in den Gefängnissen und den Bajonetten ein ausreichendes Mittel, um der unliebsamen »vorübergehenden Erscheinung« Herr zu werden.

Die klassenbewußte deutsche Arbeiterschaft hat längst das Humoristische der polizeilichen Theorie begriffen, als sei die ganze moderne Arbeiterbewegung ein künstliches, willkürliches Produkt einer handvoll gewissenloser »Wühler und Hetzer«.

Es ist aber genau dieselbe Auffassung, die darin zum Ausdruck kommt, wenn sich ein paar brave Genossen zu einer freiwilligen Nachtwächterkolonne zusammentun, um die deutsche Arbeiterschaft vor dem gefährlichen Treiben einiger »Revolutionsromantiker« und ihrer »Propaganda des Massenstreiks« zu warnen; oder wenn auf der anderen Seite eine larmoyante Entrüstungskampagne von denjenigen inszeniert wird, die sich durch irgendwelche »vertraulichen« Abmachungen des Parteivorstandes mit der Generalkommission der Gewerkschaften um den Ausbruch des Massenstreiks in Deutschland betrogen glauben. Käme es auf die zündende »Propaganda« der Revolutionsromantiker oder auf vertrauliche oder öffentliche Beschlüsse der Parteileitungen an, dann hätten wir bis jetzt in Rußland keinen einzigen ernsten Massenstreik. In keinem Lande dachte man – wie ich bereits im März 1905 in der »Sächs. Arbeiterzeitung« hervorgehoben habe – so wenig daran, den Massenstreik zu »propagieren« oder selbst zu »diskutieren« wie in Rußland. Und die vereinzelten Beispiele von Beschlüssen und Abmachungen des russischen Parteivorstandes, die wirklich den Massenstreik aus freien Stücken proklamieren sollten, wie z. B. der letzte Versuch im August dieses Jahres nach der Duma-Auflösung, sind fast gänzlich gescheitert. Wenn uns also die russische Revolution etwas lehrt, so ist es vor allem, dß der Massenstreik nicht künstlich »gemacht«, nicht ins Blaue hinein »beschlossen«, nicht »propagiert« wird, sondern dß er eine historische Erscheinung ist, die sich in gewissem Moment aus den sozialen Verhältnissen mit geschichtlicher Notwendigkeit ergibt.

Nicht durch abstrakte Spekulationen also über die Möglichkeit oder Unmöglichkeit, den Nutzen oder die Schädlichkeit des Massenstreiks, sondern durch die Erforschung derjenigen Momente und derjenigen sozialen Verhältnisse, aus denen der Massenstreik in der gegenwärtigen Phase des Klassenkampfes erwächst, mit anderen Worten: nicht durch subjektive Beurteilungdes Massenstreiks vom Standpunkte des Wünschbaren, sondern durch objektive Untersuchung der Quellen des Massenstreiks vom Standpunkte des geschichtlich Notwendigen kann das Problem allein erfßt und auch diskutiert werden.

In der freien Luft der abstrakten logischen Analyse läßt sich die absolute Unmöglichkeit und die sichere Niederlage, sowie die vollkommene Möglichkeit und der zweifellose Sieg des Massenstreiks mit genau derselben Kraft beweisen. Und deshalb ist der Wert der Beweisführung in beiden Fällen derselbe, nämlich gar keiner. Daher ist auch insbesondere die Furcht vor dem »Propagieren« des Massenstreiks, die sogar zu förmlichen Bannflüchen gegen die vermeintlichen Schuldigen dieses Verbrechens geführt hat, lediglich das Produkt eines drolligen

Quiproquo. Es ist genau so unmöglich, den Massenstreik als abstraktes Kampfmittel zu »propagieren«, wie es unmöglich ist, die »Revolution« zu propagieren. »Revolution« wie »Massenstreik« sind Begriffe, die selbst bloß eine äußere Form des Klassenkampfes bedeuten, die nur im Zusammenhang mit ganz bestimmten politischen Situationen Sinn und Inhalt haben.

Wollte es jemand unternehmen, den Massenstreik überhaupt als eine Form der proletarischen Aktion zum Gegenstand einer regelrechten Agitation zu machen, mit dieser »Idee« hausieren zu gehen, um für sie die Arbeiterschaft nach und nach zu gewinnen, so wäre das eine ebenso müßige aber auch ebenso öde und abgeschmackte Beschäftigung, wie wenn jemand die Idee der Revolution oder des Barrikadenkampfes zum Gegenstand einer besonderen Agitation machen wollte. Der Massenstreik ist jetzt zum Mittelpunkt des lebhaften Interesses der deutschen und der internationalen Arbeiterschaft geworden, weil er eine neue Kampfform und als solche das sichere Symptom eines tiefgehenden inneren Umschwunges in den Klassenverhältnissen und den Bedingungen des Klassenkampfes bedeutet. Es zeugt von dem gesunden revolutionären Instinkt und der lebhaften Intelligenz der deutschen Proletariermasse, dß sie sich – ungeachtet des hartnäckigen Widerstandes ihrer Gewerkschaftsführer – mit so warmem Interesse dem neuen Problem zuwendet. Allein diesem Interesse, dem edlen intellektuellen Durst und revolutionären Tatendrang der Arbeiter kann man nicht dadurch entsprechen, dß man sie mit abstrakter Hirngymnastik über die Möglichkeit oder Unmöglichkeit des Massenstreiks traktiert, sondern dadurch, dß man ihnen die Entwicklung der russischen Revolution, die internationale Bedeutung dieser Revolution, die Verschärfung der Klassengegensätze in Westeuropa, die weiteren politischen Perspektiven des Klassenkampfes in Deutschland, die Rolle und die Aufgaben der Masse in den kommenden Kämpfen klar macht. Nur in dieser Form wird die Diskussion über den Massenstreik dazu führen, den geistigen Horizont des Proletariats zu erweitern, sein Klassenbewußtsein zu schärfen, seine Denkweise zu vertiefen und seine Tatkraft zu stählen.

Steht man aber auf diesem Standpunkte, dann erscheint in seiner ganzen Lächerlichkeit auch der Strafprozeß, der von den Gegnern der »Revolutionsromantik« gemacht wird, weil man sich bei der Behandlung des Problems nicht genau an den Wortlaut der Jenaer Resolution halte. Mit dieser Resolution geben sich die »praktischen Politiker« allenfalls noch zufrieden, weil sie den Massenstreik hauptsächlich mit den Schicksalen des allgemeinen Wahlrechts verkoppelt, woraus sie zweierlei folgern zu können glauben: erstens, dß dem Massenstreik ein rein defensiver Charakter bewahrt, zweitens, dß der Massenstreik selbst dem Parlamentarismus untergeordnet, in ein bloßes Anhängsel des Parlamentarismus verwandelt wird. Der wahre Kern der Jenaer Resolution liegt aber in dieser Beziehung darin, dß bei der gegenwärtigen Lage in Deutschland ein Attentat der herrschenden Reaktion auf das Reichstagswahlrecht höchst wahrscheinlich das Einleitungsmoment und das Signal zu jener Periode stürmischer politischer Kämpfe abgeben dürfte, in denen der Massenstreik als Kampfmittel in Deutschland wohl zuerst in Anwendung kommen wird. Allein die soziale Tragweite und den geschichtlichen Spielraum des Massenstreiks als Erscheinung und als Problem des Klassenkampfes durch den Wortlaut einer Parteitagsresolution einengen und künstlich abstecken zu wollen, ist ein Unternehmen, das an Kurzsichtigkeit jenem Diskussionsverbot des Kölner Gewerkschaftskongresses gleichkommt. In der Resolution des Jenaer Parteitages hat die deutsche Sozialdemokratie von dem durch die russische Revolution in den internationalen Bedingungen des proletarischen Klassenkampfes vollzogenen tiefen Umschwung offiziell Akt genommen und ihre revolutionäre Entwicklungsfähigkeit, ihre Anpassungsfähigkeit an die neuen Anforderungen der kommenden Phase der Klassenkämpfe bekundet. Darin liegt die Bedeutung der Jenaer Resolution. Was die praktische Anwendung des Massenstreiks in Deutschland betrifft, darüber wird die Geschichte entscheiden, wie sie darüber in Rußland entschieden hat, die Geschichte, in der die Sozialdemokratie mit ihren Entschlüssen allerdings ein wichtiger Faktor, aber bloß ein Faktor unter vielen ist.

III.

Der Massenstreik, wie er meistens in der gegenwärtigen Diskussion in Deutschland vorschwebt, ist eine sehr klar und einfach gedachte, scharf umrissene Einzelerscheinung. Es wird ausschließlich vom politischen Massenstreik gesprochen. Es wird dabei an einen einmaligen grandiosen Ausstand des Industrieproletariats gedacht, der aus einem politischen Anlß von höchster Tragweite unternommen, und zwar auf Grund einer rechtzeitigen gegenseitigen Verständigung der Partei- und der gewerkschaftlichen Instanzen unternommen, dann im Geiste der Disziplin in größter Ordnung durchgeführt und in noch schönster Ordnung auf rechtzeitig gegebene Losung der leitenden Instanzen abgebrochen wird, wobei die Regelung der Unterstützungen, der Kosten, der Opfer, mit einem Wort die ganze materielle Bilanz des Massenstreiks im voraus genau bestimmt wird.

Wenn wir nun dieses theoretische Schema mit dem wirklichen Massenstreik vergleichen, wie er in Rußland seit fünf Jahren auftritt, so müssen wir sagen, dß der Vorstellung, die in der deutschen Diskussion im Mittelpunkt steht, fast kein einziger von den vielen Massenstreiks entspricht, die stattgefunden haben, und dß anderseits die Massenstreiks in Rußland eine solche Mannigfaltigkeit der verschiedensten Spielarten aufweisen, dß es ganz unmöglich ist, von »dem« Massenstreik, von einem abstrakten schematischen Massenstreik zu sprechen. Alle Momente des Massenstreiks sowie sein Charakter sind nicht bloß verschieden in verschiedenen Städten und Gegenden des Reiches, sondern vor allem hat sich ihr allgemeiner Charakter mehrmals im Laufe der Revolution geändert. Die Massenstreiks haben in Rußland eine bestimmte Geschichte durchgemacht, und sie machen sie noch weiter durch. Wer also vom Massenstreik in Rußland redet, muß vor allem seine Geschichte ins Auge fassen.

Die jetzige sozusagen offizielle Periode der russischen Revolution wird mit vollem Recht von der Erhebung des Petersburger Proletariats am 22. Januar 1905, von jenem Zuge der 200 000Arbeiter vor das Zarenschloß datiert, der mit einem furchtbaren Blutbade endete. Das blutige Massacre in Petersburg war bekanntlich das Signal zum Ausbruch der ersten Riesenserie von Massenstreiks, die sich binnen weniger Tage über das gesamte Rußland gewälzt und den Sturmruf der Revolution aus Petersburg in alle Winkel des Reiches und in die breitesten Schichten des Proletariats getragen haben. Die Petersburger Erhebung vom 22. Januar war aber auch nur der äußerste Moment eines Massenstreiks, der vorher das Proletariat der Zarenhauptstadt im Januar 1905 ergriffen hatte. Dieser Januar-Massenstreik in Petersburg spielte sich nun zweifellos unter dem unmittelbaren Eindruck jenes riesenhaften Generalstreiks ab, der kurz vorher, im Dezember 1904, im Kaukasus, in Baku, ausgebrochen war und eine Weile lang ganz Rußland im Atem hielt. Die Dezemberereignisse in Baku waren aber ihrerseits nichts anderes, als an letzter und kräftiger Ausläufer jener gewaltigen Massenstreiks, die wie ein periodisches Erdbeben in den Jahren 1903 und 1904 ganz Südrußland erschütterten und deren Prolog der Massenstreik in Batum (im Kaukasus) im März 1902 war. Diese erste Massenstreikbewegung in der fortlaufenden Kette der jetzigen revolutionären Eruptionen ist endlich nur um fünf bis sechs Jahre von dem großen Generalstreik der Petersburger Textilarbeiter in den Jahren 1896 und 1897 entfernt, und wenn diese Bewegung äußerlich von der heutigen Revolution durch einige Jahre scheinbaren Stillstands und starrer Reaktion getrennt scheint, so wird doch jeder, der die innere politische Entwicklung des russischen Proletariats bis zu der heutigen Stufe seines Klassenbewußtseins und seiner revolutionären Energie kennt, die Geschichte der jetzigen Periode der Massenkämpfe mit jenen Petersburger

Generalstreiks beginnen. Sie sind für das Problem des Massenstreiks schon deshalb wichtig, weil sie bereits alle Hauptmomente der späteren Massenstreiks im Keime enthalten.

Zunächst erscheint der Petersburger Generalstreik des Jahres 1896 als ein rein ökonomischer partieller Lohnkampf. Seine Ursachen waren die unerträglichen Arbeitsbedingungen der Spinner und Weber Petersburgs: eine 13-, 14- und 15stündige Arbeitszeit, erbärmliche Akkordlöhne und eine ganze Musterkarte nichtswürdiger Unternehmerschikanen. Allein diese Lage ertrugen die Textilarbeiter lange geduldig, bis ein scheinbar winziger Umstand das Mß zum Überlaufen gebracht hat. Im Jahre 1896 im Mai wurde nämlich die zwei Jahre lang aus Angst vor den Revolutionären hinausgeschobene Krönung des heutigen Zaren Nikolaus II. abgehalten, und aus diesem Anlß bezeugten die Petersburger Unternehmer ihren patriotischen Eifer dadurch, dass sie ihren Arbeitern drei Tage Zwangsferien auferlegten, wobei sie jedoch merkwürdigerweise für diese Tage die Löhne nicht auszahlen wollten. Die dadurch aufgebrachten Textilarbeiter kamen in Bewegung. Nach einer Beratung von za. 800 der aufgeklärtesten Arbeiter im Jekaterinenhofer Garten wurde der Streik beschlossen und die Forderungen formuliert: 1. Auszahlung der Löhne für die Krönungstage; 2. zehneinhalbstündige Arbeitszeit; 3. Erhöhung der Akkordlöhne. Dies geschah am 24. Mai. Nach einer Woche standen sämtliche Webereien und Spinnereien still, und 40 000 Arbeiter waren im Generalstreik. Heute mag dieses Ereignis, an den gewaltigen Massenstreiks der Revolution gemessen, als eine Kleinigkeit erscheinen. In der politischen Eisstarre des damaligen Rußlands war ein Generalstreik etwas Unerhörtes, er war selbst eine ganze Revolution im kleinen. Es begannen selbstverständlich die brutalsten Verfolgungen, za. 1000 Arbeitet wurden verhaftet und nach der Heimat abgeschoben, und der Generalstreik wurde unterdrückt.

Bereits hier sehen wir alle Grundzüge der späteren Massenstreiks. Der nächste Anlß der Bewegung war ein ganz zufälliger, ja untergeordneter, ihr Ausbruch ein elementarer; aber in dem Zustandekommen der Bewegung zeigten sich die Früchte der mehrjährigen Agitation der Sozialdemokratie, und im Laufe des Generalstreiks standen die sozialdemokratischen Agitatoren an der Spitze der Bewegung, leiteten und benutzten sie zur regen revolutionären Agitation. Ferner: Der Streik war äußerlich ein bloßer ökonomischer Lohnkampf, allein die Stellung der Regierung sowie die Agitation der Sozialdemokratie haben ihn zu einer politischen Erscheinung ersten Ranges gemacht. Und endlich: Der Streik wurde unterdrückt, die Arbeiter erlitten eine »Niederlage«. Aber bereits im Januar des folgenden Jahres, 1897, wiederholten die Petersburger Textilarbeiter nochmals den Generalstreik und errangen diesmal einen hervorragenden Erfolg: die gesetzliche Einführung des elfeinhalbstündigen Arbeitstages in ganz Rußland. Was jedoch ein viel wichtigeres Ergebnis war: seit jenem ersten Generalstreik des Jahres 1896, der ohne eine Spur von Organisation und von Streikkassen unternommen war, beginnt im eigentlichen Rußland ein intensiver gewerkschaftlicher Kampf, der sich bald aus Petersburg auf das übrige Land verbreitet und der sozialdemokratischen Agitation und Organisation ganz neue Aussichten eröffnet, damit aber in der scheinbaren Kirchhofsruhe der folgenden Periode durch unsichtbare Maulwurfsarbeit die proletarische Revolution vorbereitet.

Der Ausbruch des kaukasischen Streiks im März des Jahres 1902 war anscheinend ebenso zufällig und von rein ökonomischen, partiellen, wenn auch ganz anderen Momenten erzeugt, wie jener vom Jahre 1896. Er hängt mit der schweren Industrie- und Handelskrise zusammen, die in Rußland die Vorgängerin des japanischen Krieges und mit ihm zusammen der mächtigste Faktor der beginnenden revolutionären Gährung war. Die Krise erzeugte eine enorme Arbeitslosigkeit, die in der proletarischen Masse die Agitation nährte, deshalb unternahm es die

Regierung, zur Beruhigung der Arbeiterklasse die »überflüssigen Hände« nach ihren entsprechenden Heimatsorten per Schub zu transportieren. Eine solche Mßnahme eben, die za. 400 Petroleumarbeiter betreffen sollte, rief in Batum einen Massenprotest hervor, der zu Demonstrationen, Verhaftungen, einem Massacre und schließlich zu einem politischen Prozeß führte, in dem plötzlich die rein ökonomische, partielle Angelegenheit zum politischen und revolutionären Ereignis wurde. Der Widerhall des ganz »resultatlos« verlaufenen und niedergeschlagenen Streiks in Batum war eine Reihe revolutionärer Massendemonstrationen der Arbeiter in Nischni-Nowgorod, in Saratow, in anderen Städten, also ein kräftiger Vorstoß für die allgemeine Welle der revolutionären Bewegung.

Bereits im November 1902 folgt der erste echt revolutionäre Nachhall in Gestalt eines Generalstreiks in Rostow am Don. Den Anstoß zu dieser Bewegung gaben Lohndifferenzen in den Werkstätten der Wladikaukasischen Eisenbahn. Die Verwaltung wollte die Löhne herabsetzen, darauf gab das Donsche Komitee der Sozialdemokratie einen Aufruf heraus, mit der Aufforderung zum Streik um folgende Forderungen: Neunstundentag, Lohnaufbesserung, Abschaffung der Strafen, Entlassung unbeliebter Ingenieure &c. Sämtliche Eisenbahnwerkstätten traten in den Ausstand. Ihnen schlossen sich alsbald alle anderen Berufe an, und plötzlich herrschte in Rostow ein nie dagewesener Zustand: jede gewerbliche Arbeit ruht, dafür werden Tag für Tag Monstre-Meetings von 15 000 bis 20 000 Arbeitern im Freien abgehalten, manchmal umzingelt von einem Kordon Kosaken, wobei zum ersten Male sozialdemokratische Volksredner offen auftreten, zündende Reden über Sozialismus und politische Freiheit gehalten und mit ungeheurer Begeisterung aufgenommen, revolutionäre Aufrufe in Zehntausenden von Exemplaren verbreitet werden. Mitten in dem starren absolutistischen Rußland erobert das Proletariat Rostows zum ersten Male sein Versammlungsrecht, seine Redefreiheit im Sturm. Freilich geht es auch hier nicht ohne ein Massacre ab. Die Lohndifferenzen der Wladikaukasischen Eisenbahnwerkstätten haben sich in wenigen Tagen zu einem politischen Generalstreik und zu einer revolutionären Strßenschlacht ausgewachsen. Als Nachklang erfolgte sofort noch ein Generalstreik auf der Station Tichoretzkaja derselben Eisenbahnlinie. Auch hier kam es zu einem Massacre, ferner zu einem Prozeß, und auch Tichoretzkaja hat sich als Episode gleichfalls in die unzertrennliche Kette der Revolutionsmomente eingeflochten.

Der Frühling 1903 gibt die Antwort auf die niedergeschlagenen Streiks in Rostow und Tichoretzkaja: der ganze Süden Rußlands steht im Mai, Juni und Juli in Flammen. Baku, Tiflis,Batum, Jelissawetgrad, Odessa, Kijew, Nikolajew, Jekaterinoslaw stehen im Generalstreik im buchstäblichen Sinne. Aber auch hier entsteht die Bewegung nicht nach irgend einem vorgefßten Plan aus einem Zentrum, sie fließt zusammen aus einzelnen Punkten, in jedem aus anderen Anlässen, in anderen Formen. Den Anfang macht Baku, wo mehrere partielle Lohnkämpfe einzelner Fabriken und Branchen endlich in einen Generalstreik ausmünden. In Tiflis beginnen den Streik 2000 Handelsangestellte, die eine Arbeitszeit von 6 Uhr Morgens bis 11 Uhr Abends hatten; sie verlassen alle am 4. Juli um 8 Uhr Abends die Läden und machen einen Umzug durch die Stadt, um die Ladeninhaber zur Schließung der Geschäfte aufzufordern. Der Sieg ist ein vollständiger: die Handelsangestellten erringen eine Arbeitszeit von 8 bis 8 und ihnen schließen sich sofort alle Fabriken, Werkstätten, Bureaux an. Die Zeitungen erscheinen nicht, der Trambahnverkehr kann nur unter dem Schutze des Militärs stattfinden. – In Jelissawetgrad beginnt am 10. Juli in allen Fabriken der Streik mit rein ökonomischen Forderungen. Sie werden meistens bewilligt, und am 14. Juli hört der Streik auf. Allein zwei Wochen später bricht er wieder aus; diesmal geben die Bäcker die Parole, ihnen folgen die

Steinarbeiter, Tischler, Färber, Mühlenarbeiter und schließlich wieder alle Fabrikarbeiter. – In Odessa beginnt die Bewegung mit einem Lohnkampfe, in den der von Regierungsagenten nach dem Programm des berühmten Gendarmen Subatow gegründete »legale« Arbeiterverein verwickelt wurde. Die geschichtliche Dialektik hat wieder Gelegenheit genommen, einen ihrer hübschen boshaften Streiche auszuführen: Die ökonomischen Kämpfe der früheren Periode – darunter der große Petersburger Generalstreik von 1896 – hatten die russische Sozialdemokratie zur Übertreibung des sogen. »Ökonomismus« verleitet, wodurch sie in der Arbeiterschaft für das demagogische Treiben des Subatow den Boden bereitet hatte. Nach einer Weile drehte aber der große revolutionäre Strom das Schifflein mit der falschen Flagge um und zwang es, gerade an der Spitze der revolutionären proletarischen Flottille zu schwimmen. Die Subatowschen Vereine gaben im Frühling 1904 die Parole zu dem großen Generalstreik in Odessa, wie im Januar 1905 zu dem Generalstreik in Petersburg. Die Arbeiter in Odessa, die in den Wahn von der aufrichtigen Arbeiterfreundlichkeit der Regierung und ihrer Sympathie für rein ökonomischen Kampf gewiegt wurden, wollten plötzlich eine Probe aufs Exempel machen und zwangen den Subatowschen »Arbeiterverein«, in einer Fabrik den Streik um bescheidenste Forderungen zu erklären. Sie wurden darauf vom Unternehmer einfach aufs Pflaster gesetzt, und als sie von dem Leiter ihres Vereins den versprochenen obrigkeitlichen Schutz forderten, verduftete der Herr und ließ die Arbeiter in wilder Gärung zurück. Alsbald stellten sich die Sozialdemokraten an die Spitze und die Streikbewegung sprang auf andere Fabriken über. Am 1. Juli streiken 2500 Eisenbahnarbeiter, am 4. Juli treten die Hafenarbeiter in den Streik um eine Erhöhung der Löhne von 80 Kopeken auf 2 Rubel und Verkürzung der Arbeitszeit um eine halbe Stunde. Am 6. Juli schließen sich die Seeleute der Bewegung an. Am 13. Juli beginnt der Ausstand des Trambahnpersonals. Nun findet eine Versammlung sämtlicher Streikenden, 7-8000 Mann, statt; es bildet sich ein Zug, der von Fabrik zu Fabrik geht und, lawinenartig anwachsend, schon als eine 40-50 000köpfige Menge sich zum Hafen begibt, um hier jede Arbeit zum Stillstand zu bringen. Bald herrscht in der ganzen Stadt der Generalstreik. – In Kijew beginnt am 21. Juli der Ausstand in den Eisenbahnwerkstätten. Auch hier ist der nächste Anlß miserable Arbeitsbedingungen, und es werden Lohnforderungen aufgestellt. Am anderen Tage folgen dem Beispiel die Gießereien. Am 23. Juli passiert darauf ein Zwischenfall, der das Signal zum Generalstreik gibt. In der Nacht wurden zwei Delegierte der Eisenbahnarbeiter verhaftet; die Streikenden fordern sofort ihre Freilassung, und als dies nicht erfüllt wird, beschließen sie, die Eisenbahnzüge nicht aus der Stadt herauszulassen. Am Bahnhof setzen sich auf den Schienenstrang sämtliche Streikende mit Weib und Kind – ein Meer von Menschenköpfen. Man droht mit Gewehrsalven. Die Arbeiter entblößen darauf ihre Brust und rufen: »Schießt!« Eine Salve wird auf die wehrlose, sitzende Menge abgefeuert und 30-40 Leichen, darunter Frauen und Kinder, bleiben auf dem Platze liegen. Auf diese Kunde erhebt sich am gleichen Tage ganz Kijew zum Streik. Die Leichen der Ermordeten werden von der Menge emporgehoben und in einem Massenzug herumgetragen. Versammlungen, Reden, Verhaftungen, einzelne Strßenkämpfe – Kijew steht mitten in der Revolution. Die Bewegung geht bald zu Ende; dabei haben aber die Buchdrucker eine Verkürzung der Arbeitszeit um eine Stunde und eine Lohnerhöhung um einen Rubel gewonnen; in einer Hefefabrik ist der Achtstundentag eingeführt worden; die Eisenbahnwerkstätten wurden auf Beschluß des Ministeriums geschlossen; andere Branchen führten partielle Streiks um ihre Forderungen weiter. – In Nikolajew bricht der Generalstreik unter dem unmittelbaren Eindruck der Nachrichten aus Odessa, Baku, Batum und Tiflis aus, trotz des Widerstandes des sozialdemokratischen Komitees, das den Ausbruch der Bewegung auf den Zeitpunkt hinausschieben wollte, wo das Militär zum Manöver aus der Stadt ziehen sollte. Die Masse ließ sich nicht zurückhalten; eine Fabrik machte den Anfang, die Streikenden gingen von einer Werkstatt zur anderen, der Widerstand des Militärs goß nur Öl ins

Feuer. Bald bildeten sich Massenumzüge mit revolutionärem Gesang, die alle Arbeiter, Angestellten, Trambahnbedienstete, Männer und Frauen, mitrissen. Die Arbeitsruhe war eine vollkommene. – InJekaterinoslaw beginnen am 5. August die Bäcker, am 7. die Arbeiter der Eisenbahnwerkstätte, darauf alle anderen Fabriken den Streik; am 8. August hört der Trambahnverkehr auf, die Zeitungen erscheinen nicht. – So kam der grandiose Generalstreik Südrußlands im Sommer 1903 zu stande. Aus vielen kleinen Kanälen partieller ökonomischer Kämpfe und kleiner »zufälliger« Vorgänge floß er rasch zu einem gewaltigen Meer zusammen und verwandelte den ganzen Süden des Zarenreichs für einige Wochen in eine bizarre, revolutionäre Arbeiterrepublik. »Brüderliche Umarmungen, Rufe des Entzückens und der Begeisterung, Freiheitslieder, frohes Gelächter, Humor und Freude hörte man in der vieltausendköpfigen Menge, die von Morgen bis Abend in der Stadt wogte. Die Stimmung war eine gehobene; man konnte beinahe glauben, dß ein neues, besseres Leben auf Erden beginnt. Ein tiefernstes und zugleich idyllisches, rührendes Bild« ... So schrieb damals der Korrespondent im liberalen »Oswoboshdenje« des Herrn Peter v. Struve.

Das Jahr 1904 brachte gleich im Anfang den Krieg und für eine Weile eine Ruhepause in der Massenstreikbewegung mit sich. Zuerst ergoß sich eine trübe Welle polizeilich veranstalteter »patriotischer« Demonstrationen über das Land. Die »liberale« bürgerliche Gesellschaft wurde vorerst von dem zarisch-offiziellen Chauvinismus ganz zu Boden geschmettert. Doch nimmt die Sozialdemokratie bald den Kampfplatz wieder in Besitz; den polizeilichen Demonstrationen des patriotischen Lumpenproletariats werden revolutionäre Arbeiterdemonstrationen entgegengestellt. Endlich wecken die schmählichen Niederlagen der zarischen Armee auch die liberale Gesellschaft aus der Betäubung; es beginnt die Ära liberaler und demokratischer Kongresse, Bankette, Reden, Adressen und Manifeste. Der durch die Schmach des Krieges zeitweilig erdrückte Absolutismus läßt in seiner Zerfahrenheit die Herren gewähren, und sie sehen bereits den Himmel voller liberaler Geigen. Für ein halbes Jahr nimmt der bürgerliche Liberalismus die politische Vorderbühne in Besitz, das Proletariat tritt in den Schatten. Allein nach längerer Depression rafft sich der Absolutismus seinerseits wieder auf, die Kamarilla sammelt ihre Kräfte und durch ein einziges kräftiges Aufstampfen des Kosakenstiefels wird die ganze liberale Aktion im Dezember ins Mauseloch gejagt. Die Bankette, Reden, Kongresse werden kurzerhand als eine »freche Anmßung« verboten und der Liberalismus sieht sich plötzlich am Ende seines Lateins. Aber genau dort, wo dem Liberalismus der Faden ausgegangen ist, beginnt die Aktion des Proletariats. Im Dezember 1904 bricht auf dem Boden der Arbeitslosigkeit der grandiose Generalstreik in Bakuaus: Die Arbeiterklasse ist wieder auf dem Kampfplatz. Als das Reden verboten wurde und verstummte, begann wieder das Handeln. In Baku herrschte während einiger Wochen mitten im Generalstreik die Sozialdemokratie als unumschränkte Herrin der Lage, und die eigenartigen Ereignisse des Dezembers im Kaukasus hätten ein ungeheures Aufsehen erregt, wenn sie nicht so rapid von der steigenden Woge der Revolution übertroffen worden wären, die sie selbst aufgepeitscht hatten. Noch waren die phantastischen, unklaren Nachrichten von dem Generalstreik in Baku nicht in alle Enden des Zarenreichs gelangt, als im Januar 1905 der Massenstreik in Petersburg ausbrach.

Auch hier war der Anlß bekanntlich ein winziger. Zwei Arbeiter der Putilow-Werke wurden wegen ihrer Zugehörigkeit zum legalen Subatowschen Verein entlassen. Diese Mßregelung rief am 16. Januar einen Solidaritätsstreik sämtlicher 12 000 Arbeiter dieser Werke hervor. Die Sozialdemokraten begannen aus Anlß des Streiks eine rege Agitation um die Erweiterung der Forderungen und setzten die Forderung des Achtstundentages, des Koalitionsrechts, der Rede- und Preßfreiheit usw. durch. Die Gärung der Putilowschen Arbeiter teilte sich rasch dem übrigen

Proletariat mit, und in wenigen Tagen standen 140 000 Arbeiter im Streik. Gemeinsame Beratungen und stürmische Diskussionen führten zur Ausarbeitung jener proletarischen Charte der bürgerlichen Freiheiten mit dem Achtstundentag an der Spitze, womit am 22. Januar 200 000 Arbeiter, von dem Priester Gapon geführt, vor das Zarenschloß zogen. Der Konflikt der zwei gemßregelten Putilow-Arbeiter hat sich binnen einer Woche in den Prolog der gewaltigsten Revolution der Neuzeit verwandelt.

Die zunächst darauffolgenden Ereignisse sind bekannt: Das Petersburger Blutbad hat im Januar und Februar in sämtlichen Industriezentren und Städten Rußlands, Polens, Litauens, der baltischen Provinzen, des Kaukasus, Sibiriens, vom Norden bis zum Süden, vom Westen bis zum Osten riesenhafte Massenstreiks und Generalstreiks hervorgerufen. Allein bei näherem Zusehen treten jetzt die Massenstreiks in anderen Formen auf, als in der bisherigen Periode. Diesmal gingen überall die sozialdemokratischen Organisationen mit Aufrufen voran; überall war die revolutionäre Solidarität mit dem Petersburger Proletariat ausdrücklich als Grund und Zweck des Generalstreiks bezeichnet; überall gab es zugleich Demonstrationen, Reden, Kämpfe mit dem Militär. Doch auch hier war von einem vorgefßten Plan, einer organisierten Aktion keine Rede, denn die Aufrufe der Parteien vermochten kaum, mit den spontanen Erhebungen der Masse Schritt zu halten; die Leiter hatten kaum Zeit, die Losungen der vorausstürmenden Proletariermenge zu formulieren. Ferner: Die früheren Massen- und Generalstreiks entstanden aus einzelnen zusammenfließenden Lohnkämpfen, die in der allgemeinen Stimmung der revolutionären Situation und unter dem Eindruck der sozialdemokratischen Agitation rapid zu politischen Kundgebungen wurden; das ökonomische Moment und die gewerkschaftliche Zersplitterung waren der Ausgangspunkt, die zusammenfassende Klassenaktion und die politische Leitung das Schlußergebnis. Jetzt ist die Bewegung eine umgekehrte. Die Januar- und Februargeneralstreiks brachen im voraus als einheitliche revolutionäre Aktion unter der Leitung der Sozialdemokratie aus; allein diese Aktion zerfiel bald in eine unendliche Reihe lokaler, partieller, ökonomischer Streiks in einzelnen Gegenden, Städten, Branchen, Fabriken. Den ganzen Frühling des Jahres 1905 hindurch bis in den Hochsommer hinein gährte im gesamten Riesenreich ein unermüdlicher ökonomischer Kampf fast des gesamten Proletariats gegen das Kapital, ein Kampf, der nach oben hin alle kleinbürgerlichen und liberalen Berufe: Handelsangestellte, Bankbeamte, Techniker, Schauspieler, Kunstberufe, ergreift, nach unten hin bis ins Hausgesinde, in das Subalternbeamtentum der Polizei, ja bis in die Schicht des Lumpenproletariats hineindringt und gleichzeitig aus der Stadt aufs flache Land hinausströmt und sogar an die eisernen Tore der Militärkasernen pocht.

Es ist dies ein riesenhaftes buntes Bild einer allgemeinen Auseinandersetzung der Arbeit mit dem Kapital, das die ganze Mannigfaltigkeit der sozialen Gliederung und des politischen Bewußtseins jeder Schicht und jedes Winkels abspiegelt und die ganze lange Stufenleiter vom regelrechten gewerkschaftlichen Kampf einer erprobten großindustriellen Elitetruppe des Proletariats bis zum formlosen Protestausbruch eines Haufens Landproletarier und zur ersten dunklen Regung einer aufgeregten Soldatengarnison durchläuft, von der wohlerzogenen eleganten Revolte in Manschetten und Stehkragen im Kontor eines Bankhauses bis zum scheudreisten Murren einer klobigen Versammlung unzufriedener Polizisten in einer verräucherten, dunklen und schmutzigen Polizeiwachtstube.

Nach der Theorie der Liebhaber »ordentlicher und wohldisziplinierter« Kämpfe nach Plan und Schema, jener besonders, die es von weitem stets besser wissen wollen, wie es »hätte gemacht werden sollen«, war der Zerfall der großen politischen Generalstreikaktion des Januar 1905 in eine Unzahl ökonomischer Kämpfe wahrscheinlich »ein großer Fehler«, der jene Aktion »lahmgelegt« und in ein »Strohfeuer« verwandelt hatte. Auch die Sozialdemokratie in Rußland, die die Revolution zwar mitmacht, aber nicht »macht«, und ihre Gesetze erst aus ihrem Verlauf selbst lernen muß, war im ersten Augenblick durch das scheinbar resultatlose Zurückfluten der ersten Sturmflut des Generalstreiks für eine Weile etwas aus dem Konzept gebracht. Allein, die Geschichte, die jenen »großen Fehler« gemacht hat, verrichtete damit, unbekümmert um das Räsonieren ihrer unberufenen Schulmeister, eine ebenso unvermeidliche wie in ihren Folgen unberechenbare Riesenarbeit der Revolution.

Die plötzliche Generalerhebung des Proletariats im Januar unter dem gewaltigen Anstoß der Petersburger Ereignisse war nach außen hin ein politischer Akt der revolutionären Kriegserklärung an den Absolutismus. Aber diese erste allgemeine direkte Klassenaktion wirkte gerade als solche nach innen um so mächtiger zurück, indem sie zum ersten Mal das Klassengefühl und Klassenbewußtsein in den Millionen und Abermillionen wie durch einen elektrischen Schlag weckte. Und dieses Erwachen des Klassengefühls äußerte sich sofort darin, dß der nach Millionen zählenden proletarischen Masse ganz plötzlich scharf und schneidend die Unerträglichkeit jenes sozialen und ökonomischen Daseins zum Bewußtsein kam, das sie Jahrzehnte in den Ketten des Kapitalismus geduldig ertrug. Es beginnt daher ein spontanes allgemeines Rütteln und Zerren an diesen Ketten. Alle tausendfältigen Leiden des modernen Proletariats erinnern es an alte blutende Wunden. Hier wird um den Achtstundentag gekämpft, dort gegen die Akkordarbeit, hier werden brutale Meister auf einem Handkarren im Sack »hinausgefahren«, anderswo gegen infame Strafsysteme, überall um bessere Löhne, hier und da um Abschaffung der Heimarbeit gekämpft. Rückständige, degradierte Berufe in großen Städten, kleine Provinzstädte, die bis dahin in einem idyllischen Schlaf dahin dämmerten, das Dorf mit seinem Vermächtnis aus dem Leibeigentum – alles das besinnt sich plötzlich, vom Januarblitz geweckt, auf seine Rechte und sucht nun fieberhaft, das Versäumte nachzuholen. Der ökonomische Kampf war hier also in Wirklichkeit nicht ein Zerfall, eine Zersplitterung der Aktion, sondern bloß eine Frontänderung, ein plötzlicher und natürlicher Umschlag der ersten Generalschlacht mit dem Absolutismus in eine Generalabrechnung mit dem Kapital, die, ihrem Charakter entsprechend, die Form einzelner zersplitterter Lohnkämpfe annahm. Nicht die politische Klassenaktion wurde im Januar durch den Zerfall des Generalstreiks in ökonomische Streiks gebrochen, sondern umgekehrt; nachdem der in der gegebenen Situation und auf der gegebenen Stufe der Revolution mögliche Inhalt der politischen Aktion erschöpft war, zerfiel sie oder schlug vielmehr in eine ökonomische Aktion um.

In der Tat: was konnte der Generalstreik im Januar weiter erreichen? Nur völlige Gedankenlosigkeit durfte eine Vernichtung des Absolutismus auf einen Schlag durch einen einzigen »ausdauernden« Generalstreik nach dem anarchistischen Schema erwarten. Der Absolutismus muß in Rußland durch das Proletariat gestürzt werden. Aber das Proletariat bedarf dazu eines hohen Grades der politischen Schulung, des Klassenbewußtseins und der Organisation. Alle diese Bedingungen vermag es sich nicht aus Broschüren und Flugblättern, sondern bloß aus der lebendigen politischen Schule, aus dem Kampf und in dem Kampf, in dem fortschreitenden Verlauf der Revolution aneignen. Ferner kann der Absolutismus nicht in jedem beliebigen Moment, wozu bloß eine genügende »Anstrengung« und »Ausdauer« erforderlich, gestürzt werden. Der Untergang des Absolutismus ist bloß ein äußerer Ausdruck der inneren sozialen und Klassenentwicklung der russischen Gesellschaft. Bevor und damit der Absolutismus gestürzt werden kann, muß das künftige bürgerliche Rußland in seinem Innern, in seiner modernen Klassenscheidung hergestellt, geformt werden. Dazu gehört die

Auseinandergrenzung der verschiedenen sozialen Schichten und Interessen, die Bildung außer der proletarischen, revolutionären, auch nicht minder der liberalen, radikalen, kleinbürgerlichen, konservativen und reaktionären Parteien, dazu gehört die Selbstbesinnung, Selbsterkenntnis und das Klassenbewußtsein nicht bloß der Volksschichten, sondern auch der bürgerlichen Schichten. Aber auch diese vermögen sich nicht anders als im Kampf, im Prozeß der Revolution selbst, durch die lebendige Schule der Ereignisse, im Zusammenprall mit dem Proletariat, sowie gegeneinander, in unaufhörlicher gegenseitiger Reibung bilden und zur Reife gedeihen. Diese Klassenspaltung und Klassenreife der bürgerlichen Gesellschaft sowie ihre Aktion im Kampfe gegen den Absolutismus wird durch die eigenartige führende Rolle des Proletariats und seine Klassenaktion einerseits unterbunden und erschwert, anderseits angepeitscht und beschleunigt. Die verschiedenen Unterströme des sozialen Prozesses der Revolution durchkreuzen einander, hemmen einander, steigern die inneren Widersprüche der Revolution, im Resultat beschleunigen und potenzieren aber damit nur ihre gewaltigen Ausbrüche.

So erfordert das anscheinend so einfache und nackte rein mechanische Problem: der Sturz des Absolutismus einen ganzen langen sozialen Prozeß, eine gänzliche Unterwühlung des gesellschaftlichen Bodens, das Unterste muß nach oben, das Oberste nach unten gekehrt, die scheinbare »Ordnung« in einen Chaos und aus dem scheinbaren »anarchistischen« Chaos eine neue Ordnung umgeschaffen werden. Und nun in diesem Prozeß der sozialen Umschachtelung des alten Rußland spielte nicht nur der Januar-Blitz des ersten Generalstreiks, sondern noch mehr das darauffolgende große Frühlings- und Sommergewitter der ökonomischen Streiks eine unersetzliche Rolle. Die erbitterte allgemeine Auseinandersetzung der Lohnarbeit mit dem Kapital hat im gleichen Mße zur Auseinandergrenzung der verschiedenen Volksschichten wie der bürgerlichen Schichten, zum Klassenbewußtsein des revolutionären Proletariats wie auch der liberalen und konservativen Bourgeoisie beigetragen. Und wie die städtischen Lohnkämpfe zur Bildung der starken monarchischen Moskauer Industriellen-Partei beigetragen haben, so hat der rote Hahn der gewaltigen Landerhebung in Livland zur raschen Liquidation des berühmten adelig-agrarischen Semstwo-Liberalismus geführt.

Zugleich aber hat die Periode der ökonomischen Kämpfe im Frühling und Sommer des Jahres 1905 dem städtischen Proletariat in der Gestalt der regen sozialdemokratischen Agitation und Leitung die Möglichkeit gegeben, die ganze Summe der Lehren des Januar-Prologs sich nachträglich anzueignen, sich die weiteren Aufgaben der Revolution klar zu machen. Im Zusammenhang damit steht aber noch ein anderes Ergebnis dauernden sozialen Charakters: eine allgemeine Hebung des Lebensniveaus des Proletariats, des wirtschaftlichen, sozialen und intellektuellen. Die Frühlingsstreiks des Jahres 1905 sind fast durchweg siegreich verlaufen. Als eine Probe aus dem enormen und noch meistens unübersehbaren Tatsachenmaterial seien hier nur einige Daten über ein paar der allein in Warschau von der Sozialdemokratie Polens und Litauens geleiteten wichtigsten Streiks angeführt. In den größten Fabriken der Metallbranche Warschaus: Aktiengesellschaft Lilpop, Rau & Löwenstein, Rudzki & Co., Bormann, Schwede & Co., Handtke, Gerlach & Pulst, Gebrüder Geisler, Eberhard, Wolski & Co., Aktiengesellschaft Konrad & Jarmuszkiewicz, Weber & Daehn, Gwizdzinski & Co., Drahtfabrik Wolanowski, Aktiengesellschaft Gostynski & Co., R. Brun & Sohn, Fraget, Norblin, Werner, Buch, Gebrüder Renneberg, Labor, Lampenfabrik Dittmar, Serkowski, Weszyski, zusammen 22 Fabriken errangen die Arbeiter sämtlich nach einem vier- bis fünfwöchigen Streik (seit dem 25. und 26. Januar) den neunstündigen Arbeitstag, eine Lohnerhöhung von 15 bis 25 pZt. und verschiedene geringere Forderungen. In den größten Werkstätten

der Holzbranche Warschaus, nämlich bei Karmanski, Damiecki, Gromel, Szerbinski, Tremerowski, Horn, Bevensee, Tworkowski, Daab & Martens, zusammen 10 Werkstätten, errangen die Streikenden bereits am 23. Februar den Neunstundentag; sie gaben sich jedoch nicht zufrieden und bestanden auf dem Achtstundentag, den sie auch nach einer weiteren Woche durchsetzten, zugleich mit einer Lohnerhöhung. Die gesamte Maurerbranche begann den Streik am 27. Februar, forderte gemäß der Parole der Sozialdemokratie den Achtstundentag und errang am 11. März den Neunstundentag, eine Lohnerhöhung für alle Kategorien, regelmäßige wöchentliche Lohnauszahlung usw. usw.
Die Anstreicher,Stellmacher, Sattler und Schmiede errangen gemeinsam den Achtstundentag ohne Lohnverkürzung. Die Telephon-Werkstätten streikten zehn Tage und errangen den Achtstundentag und eine Lohnerhöhung um 10 bis 15 pZt. Die große Leinenweberei Hielle & Dietrich (10 000 Arbeiter) errang nach neun Wochen Streik eine Verkürzung der Arbeitszeit um eine Stunde und Lohnaufbesserung um 5 bis 10 pZt. Und dasselbe Ergebnis in unendlichen Variationen sehen wir in allen übrigen Branchen Warschaus, in Lodz, in Sosnowitz.

Im eigentlichen Rußland wurde der Achtstundentag erobert: im September 1904 von einigen Kategorien der Naphthaarbeiter in Baku, im Mai 1905 von den Zuckerarbeitern des Kijewer Rayons, im Januar 1905 in sämtlichen Buchdruckereien der Stadt Samara (wo zugleich eine Erhöhung der Akkordlöhne und Abschaffung der Strafen durchgesetzt wurde), im Februar in der Fabrik kriegsmedizinischer Instrumente, in einer Möbeltischlerei und in der Patronenfabrik in Petersburg, ferner wurde eine achtstündige Schicht in den Gruben von Wladiwostok eingeführt, im März in der staatlichen mechanischen Werkstatt der Staatspapiere, im April bei den Schmieden der Stadt Bobrujsk, im Mai bei den Angestellten der elektrischen Stadtbahn in Tiflis, gleichfalls im Mai der achteinhalbstündige Arbeitstag in der Riesenbaumwollweberei von Morosow (bei gleichzeitiger Abschaffung der Nachtarbeit und Erhöhung der Löhne um 8 pZt.), im Juni der Achtstundentag in einigen Ölmühlen in Petersburg und Moskau, im Juli achteinhalb Stunden bei den Schmieden des Petersburger Hafens, im November in sämtlichen Privatdruckereien der Stadt Orel (bei gleichzeitiger Erhöhung des Zeitlohnes um 20 pZt. und der Akkordlöhne um 100 pZt., sowie der Einführung eines paritätischen Einigungsamtes).

Der Neunstundentag in sämtlichen Eisenbahnwerkstätten (im Februar), in vielen staatlichen Militär- und Marinewerkstätten, in den meisten Fabriken der Stadt Berdjansk, in sämtlichen Druckereien der Stadt Poltawa sowie der Stadt Minsk; neuneinhalb Stunden auf der Schiffswerft, Mechanischen Werkstatt und Gießerei der Stadt Nikolajew, im Juni nach einem allgemeinen Kellnerstreik in Warschau in vielen Restaurants und Cafés (bei gleichzeitiger Lohnerhöhung um 20 bis 40 pZt. und einem zweiwöchentlichen Urlaub jährlich).

Der Zehnstundentag in fast sämtlichen Fabriken der Städte Lodz, Gosnowitz, Riga, Kowno, Reval, Dorpat, Minsk, Charkow, bei den Bäckern in Odessa, in den Handwerkstätten in Kischinew, in einigen Hutfabriken in Petersburg, in den Zündholzfabriken in Kowno (bei gleichzeitiger Lohnerhöhung um 10 pZt.), in sämtlichen staatlichen Marinewerkstätten und bei sämtlichen Hafenarbeitern.

Die Lohnerhöhungen sind im allgemeinen geringer als die Verkürzung der Arbeitszeit, immerhin aber bedeutende; so wurde in Warschau Mitte März 1905 von dem städtischen Fabrikamt eine allgemeine Lohnerhöhung um 15 pZt. festgestellt; in dem Zentrum der Textilindustrie Iwanowo-Wosnesensk erreichten die Lohnerhöhungen 7 bis 15 pZt.; in Kowno wurden von der Lohnerhöhung 78 pZt. der gesamten Arbeiterzahl betroffen. Ein fester Minimallohn wurde eingeführt: in einem Teile der Bäckereien in Odessa, in der Newaschen Schiffswerft in Petersburg usw.

Freilich werden die Konzessionen vielfach bald hier bald dort wieder zurückgenommen. Dies gibt aber nur den Anlß zu erneuten, noch erbitterteren Revanchekämpfen, und so ist die Streikperiode des Frühlings 1905 von selbst zum Prolog einer unendlichen Reihe sich immer weiter ausbreitender und ineinanderschlingender ökonomischer Kämpfe geworden, die bis auf den heutigen Tag dauern. In den Perioden des äußerlichen Stillstandes der Revolution, wo die Telegramme keine Sensationsnachrichten vom russischen Kampfplatz in die Welt tragen und wo der westeuropäische Leser mit Enttäuschung seine Morgenzeitung aus der Hand legt, mit der Bemerkung, dß in Rußland »nichts passiert sei«, wird in Wirklichkeit in der Tiefe des ganzen Reiches die große Maulwurfsarbeit der Revolution ohne Rast Tag für Tag und Stunde für Stunde fortgesetzt. Der unaufhörliche intensive ökonomische Kampf setzt in rapiden abgekürzten Methoden die Hinüberleitung des Kapitalismus aus dem Stadium der primitiven Akkumulation, des patriarchalischen Raubbaus in ein hochmodernes, zivilisiertes Stadium durch. Heute läßt die tatsächliche Arbeitszeit in der russischen Industrie nicht nur die russische Fabrikgesetzgebung, d. h. den gesetzlichen elfeinhalbstündigen Arbeitstag, sondern selbst die deutschen tatsächlichen Verhältnisse hinter sich. In den meisten Branchen der russischen Großindustrie herrscht heute der Zehnstundentag, der in Deutschland von der Sozialgesetzgebung als unerreichbares Ziel hingestellt wird. Ja, noch mehr; jener ersehnte »industrielle Konstitutionalismus«, für den man in Deutschland schwärmt und um deswillen die Anhänger der opportunistischen Taktik jedes schärfere Lüftchen von den stehenden Gewässern des alleinseligmachenden Parlamentarismus fernhalten möchten, wird in Rußland gerade mitten im Revolutionssturm, aus der Revolution, zusammen mit dem politischen »Konstitutionalismus« geboren! Tatsächlich ist nicht bloß eine allgemeine Hebung des Lebensniveaus oder vielmehr des Kulturniveaus der Arbeiterschaft eingetreten. Das materielle Lebensniveau als eine dauernde Stufe des Wohlseins findet in der Revolution keinen Platz. Voller Widersprüche und Kontraste, bringt sie zugleich überraschende ökonomische Siege und brutalste Racheakte des Kapitals: heute den Achtstundentag, morgen Massenaussperrungen und nackten Hunger für Hunderttausende. Das Kostbarste, weil bleibende, bei diesem scharfen revolutionären Auf und Ab der Welle ist ihr geistiger Niederschlag: das sprungweise intellektuelle, kulturelle Wachstum des Proletariats, das eine unverbrüchliche Gewähr für sein weiteres unaufhaltsames Fortschreiten im wirtschaftlichen wie im politischen Kampfe bietet. Allein, nicht bloß das. Das Verhältnis selbst des Arbeiters zum Unternehmer wird umgestülpt; seit den Januar-Generalstreiks und den darauffolgenden Streiks des Jahres 1905 ist das Prinzip des kapitalistischen »Hausherrentums« de facto abgeschafft. In den größten Fabriken aller wichtigsten Industriezentren hat sich wie von selbst die Einrichtung der Arbeiterausschüsse gebildet, mit denen allein der Unternehmer verhandelt, die über alle Konflikte entscheiden. Und schließlich noch mehr: Die anscheinend chaotischen Streiks und die »desorganisierte« revolutionäre Aktion nach dem Januar-Generalstreik wird zum Ausgangspunkt einer fieberhaften Organisationsarbeit. Madame Geschichte dreht den bureaukratischen Schablonenmenschen, die an den Toren des deutschen Gewerkschaftsglücks grimmige Wacht halten, von weitem lachend eine Nase. Die festen Organisationen, die als unbedingte Voraussetzung für einen eventuellen Versuch zu einem eventuellen deutschen Massenstreik im voraus wie eine uneinnehmbare Festung umschanzt werden sollen, diese Organisationen werden in Rußland gerade umgekehrt aus dem Massenstreik geboren! Und während die Hüter der deutschen Gewerkschaften am meisten befürchten, dß die Organisationen in einem revolutionären Wirbel wie kostbares Porzellan krachend in Stücke gehen, zeigt uns die russische

Revolution das direkt umgekehrte Bild: aus dem Wirbel und Sturm, aus Feuer und Glut der Massenstreiks, der Strßenkämpfe steigen empor wie die Venus aus dem Meerschaum: frische, junge, kräftige und lebensfrohe ..... Gewerkschaften.

Hier nur wieder ein kleines Beispiel, das aber für das gesamte Reich typisch ist. Auf der zweiten Konferenz der Gewerkschaften Rußlands, die Ende Februar 1906 in Petersburg stattgefunden hat, sagte der Vertreter der Petersburger Gewerkschaften in seinem Bericht über die Entwicklung der Gewerkschaftsorganisationen der Zarenhauptstadt:

»Der 22. Januar 1905, der den Gaponschen Verein weggespült hat, bildete einen Wendepunkt. Die Arbeiter aus der Masse haben an der Hand der Ereignisse gelernt, die Bedeutung der Organisation zu schätzen und begriffen, dß nur sie selbst diese Organisationen schaffen können. – In direkter Verbindung mit der Januarbewegung entsteht in Petersburg die erste Gewerkschaft: die der Buchdrucker. Die zur Ausarbeitung des Tarifs gewählte Kommission arbeitete die Statuten aus, und am 19. Juni begann die Gewerkschaft ihre Existenz. Ungefähr um dieselbe Zeit wurde die Gewerkschaft der Kontoristen und der Buchhalter ins Leben gerufen. Neben diesen Organisationen, die fast offen (legal) existieren, entstanden vom Januar bis Oktober 1905 halbgesetzliche und ungesetzliche Gewerkschaften. Zu den ersteren gehört z. B. die der Apothekergehülfen und der Handelsangestellten. Unter den ungesetzlichen Gewerkschaften muß der Verein der Uhrmacher hervorgehoben werden, dessen erste geheime Sitzung am 24. April stattfand. Alle Versuche, eine allgemeine offene Versammlung einzuberufen, scheiterten an dem hartnäckigen Widerstand der Polizei und der Unternehmer in der Person der Handwerkskammer. Dieser Mißerfolg hat die Existenz der Gewerkschaft nicht verhindert. Sie hielt geheime Mitgliederversammlungen am 9. Juni und 14. August ab, abgesehen von den Sitzungen der Vorstände der Gewerkschaft. Die Schneider- und Schneiderinnengewerkschaft wurde im Frühling des Jahres 1905 in einer Versammlung im Walde gegründet, wo 70 Schneider anwesend waren. Nachdem die Frage der Gründung besprochen wurde, wählte man eine Kommission, die mit der Ausarbeitung des Statuts beauftragt wurde. Alle Versuche der Kommission, für die Gewerkschaft eine gesetzliche Existenz durchzusetzen, blieben erfolglos. Ihre Tätigkeit beschränkt sich auf die Agitation und Mitgliederwerbung in den einzelnen Werkstätten. Ein ähnliches Schicksal war der Schuhmachergewerkschaft beschieden. Im Juli wurde Nachts in einem Walde außerhalb der Stadt eine geheime Versammlung einberufen. Mehr als 100 Schuhmacher kamen zusammen; es wurde ein Referat über die Bedeutung der Gewerkschaften, über ihre Geschichte in Westeuropa und ihre Aufgaben in Rußland gehalten. Darauf ward beschlossen, eine Gewerkschaft zu gründen; 12 Mann wurden in eine Kommission gewählt, die das Statut ausarbeiten und eine allgemeine Schuhmacherversammlung einberufen sollte. Das Statut wurde ausgearbeitet, aber es gelang vorläufig weder es zu drucken, noch eine allgemeine Versammlung einzuberufen.«

Das waren die ersten schweren Anfänge. Dann kamen die Oktobertage, der zweite allgemeine Generalstreik, das Zarenmanifest des 30. Oktober und die kurze »Verfassungsperiode«. Mit Feuereifer stürzen sich die Arbeiter in die Wogen der politischen Freiheit, um sie sofort zum Organisationswerk zu benutzen. Neben tagtäglichen politischen Versammlungen, Debatten, Vereinsgründungen wird sofort der Ausbau der Gewerkschaften in Angriff genommen. Im Oktober und November entstehen in Petersburg vierzig neue Gewerkschaften. Alsbald wird ein »Zentralbureau«, d. h. ein Gewerkschaftskartell gegründet, es erscheinen verschiedene Gewerkschaftsblätter und seit dem November auch ein Zentralorgan: »Die Gewerkschaft«. Das, was im obigen über Petersburg berichtet wurde, trifft im großen und ganzen auf Moskau und

Odessa, Kijew und Nikolajew, Saratow und Woronesch, Samara und Nischni-Nowgorod, auf alle größeren Städte Rußlands und in noch höherem Grade auf Polen zu. Die Gewerkschaften einzelner Städte suchen Fühlung miteinander, es werden Konferenzen abgehalten. Das Ende der »Verfassungsperiode« und die Umkehr zur Reaktion im Dezember 1905 macht zeitweilig auch ein Ende der offenen, breiten Tätigkeit der Gewerkschaften, bläst ihnen aber das Lebenslicht nicht aus. Sie wirken weiter im geheimen als Organisation und führen gleichzeitig ganz offen Lohnkämpfe. Es bildet sich ein eigenartiges Gemisch eines gesetzlichen und ungesetzlichen Zustandes des Gewerkschaftslebens aus, entsprechend der widerspruchsvollen revolutionären Situation. Aber mitten im Kampf wird das Organisationswerk mit aller Gründlichkeit, ja mit Pedanterie weiter ausgebaut. Die Gewerkschaften der Sozialdemokratie Polens und Litauens z. B., die auf dem letzten Parteitag (im Juli 1906) durch fünf Delegierte von 10 000 zahlenden Mitgliedern vertreten waren, sind mit ordentlichen Statuten, gedruckten Mitgliedsbüchlein, Klebemarken usw. versehen. Und dieselben Warschauer und Lodzer Bäcker und Schuhmacher, Metallarbeiter und Buchdrucker, die im Juni 1905 auf den Barrikaden standen und im Dezember nur auf eine Parole aus Petersburg zum Strßenkampf warteten, finden zwischen einem Massenstreik und dem anderen, zwischen Gefängnis und Aussperrung, unter dem Belagerungszustand Muße und heiligen Ernst, um ihre Gewerkschaftsstatuten eingehend und aufmerksam zu diskutieren. Ja, diese gestrigen und morgigen Barrikadenkämpfer haben mehr als einmal in Versammlungen ihren Leitern unbarmherzig den Kopf gewaschen und mit dem Austritt aus der Partei gedroht, weil die unglücklichen gewerkschaftlichen Mitgliedsbüchlein nicht rasch genug – in geheimen Druckereien unter unaufhörlicher polizeilicher Hetzjagd – gedruckt werden konnten. Dieser Eifer und dieser Ernst dauern bis zur Stunde fort. In den ersten zwei Wochen des Juli 1906 sind z. B. in Jekaterinoslaw 15 neue Gewerkschaften entstanden: in Kostroma 6 Gewerkschaften, mehrere in Kijew, Poltawa, Smolensk, Tscherkassy, Proskurow – bis in die kleinsten Provinznester. In der Sitzung des Moskauer Gewerkschaftskartells vom 4. Juni d. J.wurde nach Entgegennahme der Berichte einzelner Gewerkschaftsdelegierten beschlossen: »Dß die Gewerkschaften ihre Mitglieder disziplinieren und von Strßenkrawallen zurückhalten sollen, weil der Moment für den Massenstreik als ungeeignet betrachtet wird. Angesichts möglicher Provokationen der Regierung sollen sie achtgeben, dß die Masse nicht auf die Strße hinausströmt. Endlich beschloß das Kartell, dß in der Zeit, wo eine Gewerkschaft einen Streik führt, die anderen sich von Lohnbewegungen zurückzuhalten haben.« Die meisten ökonomischen Kämpfe werden jetzt von den Gewerkschaften geleitet.

So hat der vom Januar-Generalstreik ausgehende große ökonomische Kampf, der von da an bis auf den heutigen Tag nicht aufhört, einen breiten Hintergrund der Revolution gebildet, aus dem sich in unaufhörlicher Wechselwirkung mit der politischen Agitation und den äußeren Ereignissen der Revolution immer wieder bald hier und da einzelne Explosionen, bald allgemeine, große Hauptaktionen des Proletariats erheben. So flammen auf diesem Hintergrund nacheinander auf: am 1. Mai 1905 zur Maifeier ein beispielloser absoluter Generalstreik in Warschau mit einer völlig friedlichen Massendemonstration, die in einem blutigen Renkontre der wehrlosen Menge mit den Soldaten endet. Im Juni führt in Lodz ein Massenausflug, der von Soldaten zerstreut wird, zu einer Demonstration von 100 000 Arbeitern auf dem Begräbnis einiger Opfer der Soldateska, zu erneutem Renkontre mit dem Militär und schließlich zum Generalstreik, der am 23., 24. und 25. in den ersten Barrikadenkampf im Zarenreiche übergeht. Im Juni gleichfalls explodiert im Odessaer Hafen aus einem kleinen Zwischenfall an Bord des Panzerschiffes »Potemkin« die erste große Matrosenrevolte der Schwarzmeerflotte, die sofort als Rückwirkung in Odessa und Nikolajew einen gewaltigen Massenstreik hervorruft. Als weiteres Echo folgen: der Massenstreik und Matrosenrevolten in Kronstadt, Libau, Wladiwostok.

In den Monat Oktober fällt das grandiose Experiment Petersburgs mit der Einführung des Achtstundentags. Der Rat der Arbeiterdelegierten beschließt, in Petersburg auf revolutionärem Wege den Achtstundentag durchzusetzen. Das heißt: an einem bestimmten Tage erklären sämtliche Arbeiter Petersburgs ihren Unternehmern, dß sie nicht gewillt sind, länger als acht Stunden täglich zu arbeiten und verlassen zur entsprechenden Stunde die Arbeitsräume. Die Idee gibt Anlß zu einer lebhaften Agitation, wird vom Proletariat mit Begeisterung aufgenommen und ausgeführt, wobei die größten Opfer nicht gescheut werden. So bedeutete zum Beispiel der Achtstundentag für die Textilarbeiter, die bis dahin elf Stunden und zwar bei Akkordlöhnen arbeiteten, einen enormen Lohnausfall, den sie jedoch bereitwillig akzeptierten. Binnen einer Woche herrscht in sämtlichen Fabriken und Werkstätten Petersburgs der Achtstundentag, und der Jubel der Arbeiterschaft kennt keine Grenzen. Bald rüstet jedoch das anfangs verblüffte Unternehmertum zur Abwehr: es wird überall mit der Schließung der Fabriken gedroht. Ein Teil der Arbeiter läßt sich auf Verhandlungen ein und erringt hier den Zehn-, dort den Neunstundentag. Die Elite des Petersburger Proletariats jedoch, die Arbeiter der großen staatlichen Metallwerke bleiben unerschüttert und es erfolgt eine Aussperrung, die 45 bis 50 000 Mann für einen Monat aufs Pflaster setzt. Durch diesen Abschluß spielt die Achtstundenbewegung in den allgemeinen Massenstreik des Dezember hinein, den die große Aussperrung in hohem Mße unterbunden hat.

Inzwischen folgt aber im Oktober als Antwort auf das Bulyginsche Duma-Projekt der zweite gewaltigste allgemeine Massenstreik im gesamten Zarenreich, zu dem die Eisenbahner die Parole ausgeben. Diese zweite revolutionäre Hauptaktion des Proletariats trägt schon einen wesentlich anderen Charakter, als die erste im Januar. Das Element des politischen Bewußtseins spielt schon eine viel größere Rolle. Freilich war auch hier der erste Anlß zum Ausbruch des Massenstreiks ein untergeordneter und scheinbar zufälliger: der Konflikt der Eisenbahner mit der Verwaltung wegen der Pensionskasse. Allein die darauf erfolgte allgemeine Erhebung des Industrieproletariats wird vom klaren politischen Gedanken getragen. Der Prolog des Januarstreiks war ein Bittgang zum Zaren um politische Freiheit, die Losung des Oktoberstreiks lautete: Fort mit der konstitutionellen Komödie des Zarismus! Und Dank dem sofortigen Erfolg des Generalstreiks: dem Zarenmanifest vom 30. Oktober, fließt die Bewegung nicht nach innen zurück, wie im Januar, um erst die Anfänge des ökonomischen Klassenkampfes nachzuholen, sondern gießt sich nach außen in eine eifrige Betätigung der frisch eroberten politischen Freiheit über. Demonstrationen, Versammlungen, eine junge Presse, öffentliche Diskussionen und blutige Massacres als das Ende vom Liede, darauf neue Massenstreiks und Demonstration – das ist das stürmische Bild der November- und Dezembertage. Im November wird auf den Appell der Sozialdemokratie hin in Petersburg der erste demonstrative Massenstreik veranstaltet als Protestkundgebung gegen die Bluttaten und die Verhängung des Belagerungszustandes in Livland und Polen. Die Gärung nach dem kurzen Verfassungstraum und dem grausamen Erwachen führt endlich im Dezember zum Ausbruch des dritten allgemeinen Massenstreiks im ganzen Zarenreich. Diesmal ist der Verlauf und der Ausgang wieder ein ganz anderer, wie in den beiden früheren Fällen. Die politische Aktion schlägt nicht mehr in eine ökonomische um, wie im Januar, sie erringt aber auch nicht mehr einen raschen Sieg, wie im Oktober. Die Versuche der zarischen Kamarilla mit der wirklichen politischen Freiheit werden nicht mehr gemacht und die revolutionäre Aktion stößt somit zum ersten Male in ihrer ganzen Breite auf die starre Mauer der physischen Gewalt des Absolutismus. Durch die logische innere Entwicklung der fortschreitenden Ereignisse schlägt der Massenstreik diesmal um in einen offenen Aufstand, einen bewaffneten Barrikaden- und Strßenkampf in Moskau. Die Moskauer Dezembertage schließen als der Höhepunkt der aufsteigenden Linie der politischen Aktion und der Massenstreikbewegung das erste arbeitsreiche Jahr der Revolution ab.

Die Moskauer Ereignisse zeigen zugleich im kleinen Probebild die logische Entwicklung und die Zukunft der revolutionären Bewegung im ganzen: ihren unvermeidlichen Abschluß in einem allgemeinen offenen Aufstand, der aber seinerseits wieder nicht anders zu stande kommen kann, als durch die Schule einer Reihe vorbereitender partieller Aufstände, die eben deshalb vorläufig mit partiellen äußeren »Niederlagen« abschließen und, jeder einzeln betrachtet, als »verfrüht« erscheinen mögen.

Das Jahr 1906 bringt die Duma-Wahlen und die Duma-Episode. Das Proletariat boykottiert aus kräftigem revolutionären Instinkt und klarer Erkenntnis der Lage die ganze zarisch-konstitutionelle Farçe, und den Vordergrund der politischen Bühne nimmt für einige Monate wieder der Liberalismus ein. Die Situation des Jahres 1904 kehrt anscheinend wieder: eine Periode des Redens tritt an Stelle des Handelns, und das Proletariat tritt für eine Zeitlang in den Schatten, um sich desto fleißiger dem gewerkschaftlichen Kampf und dem Organisationswerk zu widmen. Die Massenstreiks verstummen, während knatternde Raketen der liberalen Rethorik Tag für Tag abgefeuert werden. Schließlich rasselt der eiserne Vorhang plötzlich herunter, die Schauspieler werden auseinander gejagt, von den liberalen Raketen bleibt nur Rauch und Dunst übrig. Ein Versuch des Zentralkomitees der russischen Sozialdemokratie, als Demonstration für die Duma und für die Wiedereröffnung der Periode des liberalen Redens einen vierten Massenstreik in ganz Rußland hervorzurufen, fällt platt zu Boden. Die Rolle der politischen Massenstreiks allein ist erschöpft, der Übergang des Massenstreiks in einen allgemeinen Volksaufstand und Strßenkampf aber noch nicht herangereift. Die liberale Episode ist vorbei, die proletarische hat noch nicht wieder begonnen. Die Bühne bleibt vorläufig leer.

IV.

Wir haben im vorigen in wenigen knappen Zügen die Geschichte der Massenstreiks in Rußland zu skizzieren gesucht. Schon ein flüchtiger Blick auf diese Geschichte zeigt uns ein Bild, das in keinem Strich demjenigen ähnelt, welches man sich bei der Diskussion in Deutschland gewöhnlich vom Massenstreik macht. Statt des starren und hohlen Schemas einer auf Beschluß der höchsten Instanzen mit Plan und Umsicht ausgeführten trocknen politischen »Aktion«, sehen wir ein Stück lebendiges Leben aus Fleisch und Blut, das sich gar nicht aus dem großen Rahmen der Revolution herausschneiden läßt, das durch tausend Adern mit dem ganzen Drum und Dran der Revolution verbunden ist.

Der Massenstreik, wie ihn uns die russische Revolution zeigt, ist eine so wandelbare Erscheinung, dß er alle Phasen des politischen und ökonomischen Kampfes, alle Stadien und Momente der Revolution in sich spiegelt. Seine Anwendbarkeit, seine Wirkungskraft, seine Entstehungsmomente ändern sich fortwährend. Er eröffnet plötzlich neue, weite Perspektiven der Revolution, wo sie bereits in einen Engpß geraten schien, und er versagt, wo man auf ihn mit voller Sicherheit glaubt rechnen zu können. Er flutet bald wie eine breite Meereswoge über das ganze Reich, bald zerteilt er sich in ein Riesennetz dünner Ströme; bald sprudelt er aus dem Untergrunde wie ein frischer Quell, bald versickert er ganz im Boden. Politische und ökonomische Streiks, Massenstreiks und partielle Streiks, Demonstrationsstreiks und Kampfstreiks, Generalstreiks einzelner Branchen und Generalstreiks einzelner Städte, ruhige Lohnkämpfe und Strßenschlachten, Barrikadenkämpfe – alles das läuft durcheinander, nebeneinander, durchkreuzt sich, flutet ineinander über; es ist ein ewig bewegliches, wechselndes Meer von Erscheinungen. Und das Bewegungsgesetz dieser Erscheinungen wird klar: Es liegt nicht in dem Massenstreik selbst, nicht in seinen technischen Besonderheiten, sondern in dem politischen und sozialen Kräfteverhältnis der Revolution. Der Massenstreik ist bloß die Form des revolutionären Kampfes und jede Verschiebung im Verhältnis der streitenden Kräfte, in der Parteientwicklung und der Klassenscheidung, in der Position der Kontrerevolution, alles das beeinflußt sofort auf tausend unsichtbaren, kaum kontrollierbaren Wegen die Streikaktion. Dabei hört aber die Streikaktion selbst fast keinen Augenblick auf. Sie ändert bloß ihre Formen, ihre Ausdehnung, ihre Wirkung. Sie ist der lebendige Pulsschlag der Revolution und zugleich ihr mächtigstes Triebrad. Mit einem Wort: der Massenstreik, wie ihn uns die russische Revolution zeigt, ist nicht ein pfiffiges Mittel, ausgeklügelt zum Zwecke einer kräftigeren Wirkung des proletarischen Kampfes, sondern er ist die Bewegungsweise der proletarischen Masse, die Erscheinungsform des proletarischen Kampfes in der Revolution.

Daraus lassen sich für die Beurteilung des Massenstreikproblems einige allgemeine Gesichtspunkte ableiten.

1. Es ist gänzlich verkehrt, sich den Massenstreik als einen Akt, eine Einzelhandlung zu denken. Der Massenstreik ist vielmehr die Bezeichnung, der Sammelbegriff einer ganzen jahrelangen, vielleicht jahrzehntelangen Periode des Klassenkampfes. Von den unzähligen verschiedensten Massenstreiks, die sich in Rußland seit vier Jahren abgespielt haben, pßt das Schema des Massenstreiks als eines rein politischen, nach Plan und Absicht hervorgerufenen und abgeschlossenen, kurzen Einzelaktes lediglich auf eine und zwar untergeordnete Spielart: auf den reinen Demonstrationsstreik. Im ganzen Verlauf der fünfjährigen Periode sehen wir in Rußland bloß einige wenige Demonstrationsstreiks, die sich notabene gewöhnlich nur auf einzelne Städte beschränken. So der jährliche Maifeier-Generalstreik in Warschau und in Lodz –

im eigentlichen Rußland ist der 1. Mai bis jetzt noch nicht in nennenswertem Umfange durch Arbeitsruhe gefeiert worden; der Massenstreik in Warschau am 11. September 1905 als Trauerfeier zu Ehren des hingerichteten Martin Kasprzak, im November 1905 in Petersburg als Protestkundgebung gegen die Erklärung des Belagerungszustandes in Polen und Livland, am 22. Januar 1906 in Warschau, Lodz, Czenstochau und dem Dombrowaer Kohlenbecken, sowie zum Teil in einigen russischen Städten als Jahresfeier des Gedenktages des Petersburger Blutbades; ferner im Juli 1906 ein Generalstreik in Tiflis als Sympathiekundgebung für die vom Kriegsgericht wegen der Militärrevolte abgeurteilten Soldaten, endlich aus gleichem Anlß im September d. J. während der Verhandlung des Kriegsgerichts in Reval. Alle übrigen großen und partiellen Massenstreiks und Generalstreiks waren nicht Demonstrations- sondern Kampfstreiks, und als solche entstanden sie meistens spontan, jedesmal aus spezifischen lokalen zufälligen Anlässen, ohne Plan und Absicht und wuchsen sich mit elementarer Macht zu großen Bewegungen aus, wobei sie nicht einen »geordneten Rückzug« antraten, sondern sich bald in ökonomischen Kampf verwandelten, bald in Strßenkampf, bald fielen sie von selbst zusammen.

In diesem allgemeinen Bilde spielen die reinen politischen Demonstrationsstreiks eine ganz untergeordnete Rolle – die einzelner kleiner Punkte mitten unter gewaltigen Flächen. Dabei läßt sich, zeitlich betrachtet, folgender Zug wahrnehmen: Die Demonstrationsstreiks, die im Unterschied von den Kampfstreiks das größte Mß von Parteidisziplin, bewußter Leitung und politischem Gedanken aufweisen, also nach dem Schema als die höchste und reifste Form der Massenstreiks erscheinen müßten, spielen in Wahrheit die größte Rolle in den Anfängen der Bewegung. So war z. B. die absolute Arbeitsruhe am 1. Mai 1905 in Warschau, als der erste Fall eines so staunenswert durchgeführten Beschlusses der Sozialdemokratie, für die proletarische Bewegung in Polen ein Ereignis von großer Tragweite. Ebenso hat der Sympathiestreik im November des gleichen Jahres in Petersburg als die erste Probe einer bewußten planmäßigen Massenaktion in Rußland großen Eindruck gemacht. Genau so wird auch der »Probemassenstreik« der Hamburger Genossen vom 17. Januar 1906 eine hervorragende Rolle in der Geschichte der künftigen deutschen Massenstreiks spielen, als der erste frische Versuch mit der soviel umstrittenen Waffe und zwar als ein so wohlgelungener, von der Kampfstimmung und Kampffreude der Hamburger Arbeiterschaft so überzeugend sprechender Versuch. Und ebenso sicher wird die Periode der Massenstreiks in Deutschland, wenn sie einmal im Ernst begonnen hat, von selbst zu einer wirklichen allgemeinen Arbeitsruhe am 1. Mai führen. Die Maifeier dürfte naturgemäß als die erste große Demonstration im Zeichen der Massenkämpfe zu Ehren kommen. In diesem Sinne hat der »lahme Gaul«, wie die Maifeier auf dem Kölner Gewerkschaftskongreß genannt wurde, noch eine große Zukunft und eine wichtige Rolle im proletarischen Klassenkampfe in Deutschland vor sich. Allein mit der Entwicklung der ernsten revolutionären Kämpfe nimmt die Bedeutung solcher Demonstrationen rasch ab. Gerade dieselben Momente, die das Zustandekommen der Demonstrationsstreiks nach vorgefßtem Plan und auf die Parole der Parteien hin objektiv ermöglichen: das Wachstum des politischen Bewußtseins und der Schulung des Proletariats, machen diese Art von Massenstreiks unmöglich: heute will das Proletariat in Rußland, und zwar gerade die tüchtigste Vorhut der Masse, von Demonstrationsstreiks nichts wissen; die Arbeiter verstehen keinen Spß mehr und wollen nunmehr bloß an ernsten Kampf mit allen seinen Konsequenzen denken. Und wenn in dem ersten großen Massenstreik im Januar 1905 das demonstrative Element, zwar nicht in absichtlicher, sondern mehr in instinktiver, spontaner Form, noch eine große Rolle spielte, so scheiterte umgekehrt der Versuch des Zentralkomitees der russischen Sozialdemokratie, im August einen Massenstreik als Kundgebung für die aufgelöste Duma hervorzurufen, unter anderem an der entschiedenen Abneigung des geschulten Proletariats gegen schwächliche Halbaktionen und bloße Demonstrationen.

2. Wenn wir aber anstatt der untergeordneten Spielart des demonstrativen Streiks den Kampfstreik ins Auge fassen, wie er im heutigen Rußland den eigentlichen Träger der proletarischen Aktion darstellt, so fällt weiter ins Auge, dß darin das ökonomische und das politische Moment unmöglich voneinander zu trennen sind. Auch hier weicht die Wirklichkeit von dem theoretischen Schema weit ab, und die pedantische Vorstellung, in der der reine politische Massenstreik logisch von dem gewerkschaftlichen Generalstreik als die reifste und höchste Stufe abgeleitet, aber zugleich klar auseinandergehalten wird, ist von der Erfahrung der russischen Revolution gründlich widerlegt. Dies äußert sich nicht bloß geschichtlich darin, dß die Massenstreiks, von jenem ersten großen Lohnkampf der Petersburger Textilarbeiter im Jahre 1896-1897 bis zu dem letzten großen Massenstreik im Dezember 1905, ganz unmerklich aus ökonomischen in politische übergehen, so dß es fast unmöglich ist, die Grenze zwischen beiden zu ziehen. Auch jeder einzelne von den großen Massenstreiks wiederholt sozusagen im kleinen die allgemeine Geschichte der russischen Massenstreiks und beginnt mit einem rein ökonomischen oder jedenfalls partiellen gewerkschaftlichen Konflikt, um die Stufenleiter bis zur politischen Kundgebung zu durchlaufen. Das große Massenstreikgewitter im Süden Rußlands 1902 und 1903 entstand, wie wir gesehen, in Baku aus einem Konflikt infolge der Mßregelung Arbeitsloser, in Rostow aus Lohndifferenzen in den Eisenbahnwerkstätten, in Tiflis aus einem Kampf der Handelsangestellten um die Verkürzung der Arbeitszeit, in Odessa aus einem Lohnkampf in einer einzelnen kleinen Fabrik. Der Januar-Massenstreik 1905 entwickelt sich aus dem internen Konflikt in den Putilow-Werken, der Oktoberstreik aus dem Kampf der Eisenbahner um die Pensionskasse, der Dezemberstreik endlich aus dem Kampf der Post- und Telegraphenangestellten um das Koalitionsrecht. Der Fortschritt der Bewegung im ganzen äußert sich nicht darin, dß das ökonomische Anfangsstadium ausfällt, sondern vielmehr in der Rapidität, womit die Stufenleiter zur politischen Kundgebung durchlaufen wird und in der Extremität des Punktes, bis zu dem sich der Massenstreik voranbewegt.

Allein die Bewegung im ganzen geht nicht bloß nach der Richtung vom ökonomischen zum politischen Kampf, sondern auch umgekehrt. Jede von den großen politischen Massenaktionen schlägt, nachdem sie ihren politischen Höhepunkt erreicht hat, in einen ganzen Wust ökonomischer Streiks um. Und dies bezieht sich wieder nicht bloß auf jeden einzelnen von den großen Massenstreiks, sondern auch auf die Revolution im ganzen. Mit der Verbreitung, Klärung und Potenzierung des politischen Kampfes tritt nicht bloß der ökonomische Kampf nicht zurück, sondern er verbreitet sich, organisiert sich und potenziert sich seinerseits in gleichem Schritt. Es besteht zwischen beiden eine völlige Wechselwirkung.

Jeder neue Anlauf und neue Sieg des politischen Kampfes verwandelt sich in einen mächtigen Anstoß für den wirtschaftlichen Kampf, indem er zugleich seine äußeren Möglichkeiten erweitert und den inneren Antrieb der Arbeiter, ihre Lage zu bessern, ihre Kampflust erhöht. Nach jeder schäumenden Welle der politischen Aktion bleibt ein befruchtender Niederschlag zurück, aus dem sofort tausendfältige Halme des ökonomischen Kampfes emporschießen. Und umgekehrt. Der unaufhörliche ökonomische Kriegszustand der Arbeiter mit dem Kapital hält die Kampfenergie in allen politischen Pausen wach, er bildet sozusagen das ständige frische Reservoir der proletarischen Klassenkraft, aus dem der politische Kampf immer von neuem seine Macht hervorholt, und zugleich führt das unermüdliche ökonomische Bohren des Proletariats alle Augenblicke bald hier, bald dort zu einzelnen scharfen Konflikten, aus denen unversehens politische Konflikte auf großem Mßstab explodieren.

Mit einem Wort: Der ökonomische Kampf ist das Fortleitende von einem politischen Knotenpunkt zum andern, der politische Kampf ist die periodische Befruchtung des Bodens für den ökonomischen Kampf. Ursache und Wirkung wechseln hier alle Augenblicke ihre Stellen, und so bilden das ökonomische und das politische Moment in der Massenstreikperiode, weit entfernt, sich reinlich zu scheiden oder gar auszuschließen, wie es das pedantische Schema will, vielmehr nur zwei ineinandergeschlungene Seiten des proletarischen Klassenkampfes in Rußland. Undihre Einheit ist eben der Massenstreik. Wenn die spintisierende Theorie, um zu dem »reinen politischen Massenstreik« zu gelangen, eine künstliche logische Sektion an dem Massenstreik vornimmt, so wird bei diesem Sezieren, wie bei jedem anderen, die Erscheinung nicht in ihrem lebendigen Wesen erkannt, sondern bloß abgetötet.

3. Endlich zeigen uns die Vorgänge in Rußland, dß der Massenstreik von der Revolution unzertrennlich ist. Die Geschichte der russischen Massenstreiks das ist die Geschichte der russischen Revolution. Wenn freilich die Vertreter unseres deutschen Opportunismus von »Revolution« hören, so denken sie sofort an Blutvergießen, Strßenschlachten, an Pulver und Blei, und der logische Schluß daraus ist: der Massenstreik führt unvermeidlich zur Revolution, ergo dürfen wir ihn nicht machen. In der Tat sehen wir in Rußland, dß beinahe jeder Massenstreik im letzten Schluß auf ein Renkontre mit den bewaffneten Hütern der zarischen Ordnung hinausläuft; darin sind die sogenannten politischen Streiks den größeren ökonomischen Kämpfen ganz gleich. Allein die Revolution ist etwas anderes und etwas mehr als Blutvergießen. Im Unterschied von der polizeilichen Auffassung, die die Revolution ausschließlich vom Standpunkte der Strßenunruhen und Krawalle, d. h. vom Standpunkte der »Unordnung« ins Auge fßt, erblickt die Auffassung des wissenschaftlichen Sozialismus in der Revolution vor allem eine tiefgehende innere Umwälzung in den sozialen Klassenverhältnissen. Und von diesem Standpunkt besteht zwischen Revolution und Massenstreik in Rußland auch noch ein ganz anderer Zusammenhang als der von der trivialen Wahrnehmung konstatierte, dß der Massenstreik gewöhnlich im Blutvergießen endet.

Wir haben oben den inneren Mechanismus der russischen Massenstreiks gesehen, der auf der unaufhörlichen Wechselwirkung des politischen und des ökonomischen Kampfes beruht. Aber gerade diese Wechselwirkung ist bedingt durch die Revolutionsperiode. Nur in der Gewitterluft der revolutionären Periode vermag sich nämlich jeder partielle kleine Konflikt zwischen Arbeit und Kapital zu einer allgemeinen Explosion auszuwachsen. In Deutschland passieren jährlich und täglich die heftigsten, brutalsten Zusammenstöße zwischen Arbeitern und Unternehmern, ohne dß der Kampf die Schranken der betreffenden einzelnen Branche oder der einzelnen Stadt, ja Fabrik überspringt. Mßregelungen organisierter Arbeiter wie in Petersburg, Arbeitslosigkeit wie in Baku, Lohnkonflikte wie in Odessa, Kämpfe um das Koalitionsrecht wie in Moskau sind in Deutschland auf der Tagesordnung. Kein einziger dieser Fälle schlägt jedoch in eine gemeinsame Klassenaktion um. Und wenn sie sich selbst zu einzelnen Massenstreiks auswachsen, die zweifellos einen politischen Anstrich haben, so entzünden sie auch dann noch kein allgemeines Gewitter. Der Generalstreik der holländischen Eisenbahner, der trotz wärmster Sympathien mitten in völliger Unbeweglichkeit des Proletariats im Lande verblutete, liefert einen frappanten Beweis dafür.

Und umgekehrt, nur in der Revolutionsperiode, wo die sozialen Fundamente und die Mauern der Klassengesellschaft aufgelockert und in ständiger Verschiebung begriffen sind, vermag jede politische Klassenaktion des Proletariats in wenigen Stunden ganze, bis dahin unberührte Schichten der Arbeiterschaft aus der Unbeweglichkeit zu reißen, was sich sofort naturgemäß in einem stürmischen ökonomischen Kampf äußert. Der plötzlich durch den elektrischen Schlag einer politischen Aktion wachgerüttelte Arbeiter greift im nächsten Augenblick vor allem zu dem nächstliegenden: zur Abwehr gegen sein ökonomisches Sklavenverhältnis; die stürmische Geste des politischen Kampfes läßt ihn plötzlich mit ungeahnter Intensität die Schwere und den Druck seiner ökonomischen Ketten fühlen. Und während z. B. der heftigste politische Kampf in Deutschland: der Wahlkampf oder der parlamentarische Kampf um den Zolltarif kaum einen vernehmbaren direkten Einfluß auf den Verlauf und die Intensität der gleichzeitig in Deutschland geführten Lohnkämpfe ausübt, äußert sich jede politische Aktion des Proletariats in Rußland sofort in der Erweiterung und Vertiefung der Fläche des wirtschaftlichen Kampfes.

So schafft also die Revolution erst die sozialen Bedingungen, in denen jenes unmittelbare Umschlagen des ökonomischen Kampfes in politischen und des politischen Kampfes in ökonomischen ermöglicht wird, das im Massenstreik seinen Ausdruck findet. Und wenn das vulgäre Schema den Zusammenhang zwischen Massenstreik und Revolution nur in den blutigen Strßen-Renkontres erblickt, mit denen die Massenstreiks abschließen, so zeigt uns ein etwas tieferer Blick in die russischen Vorgänge einen ganz umgekehrten Zusammenhang: in Wirklichkeit produziert nicht der Massenstreik die Revolution, sondern die Revolution produziert den Massenstreik.

4. Es genügt, das Bisherige zusammenzufassen, um auch über die Frage der bewußten Leitung und der Initiative bei dem Massenstreik Aufschluß zu bekommen. Wenn der Massenstreik nicht einen einzelnen Akt, sondern eine ganze Periode des Klassenkampfes bedeutet, und wenn diese Periode mit einer Revolutionsperiode identisch ist, so ist es klar, dß der Massenstreik nicht aus freien Stücken hervorgerufen werden kann, auch wenn der Entschluß dazu von der höchsten Instanz der stärksten sozialdemokratischen Partei ausgehen mag. Solange die Sozialdemokratie es nicht in ihrer Hand hat, nach eigenem Ermessen Revolutionen zu inszenieren und abzusagen, genügt auch nicht die größte Begeisterung und Ungeduld der sozialdemokratischen Truppen dazu, eine wirkliche Periode der Massenstreiks als eine lebendige mächtige Volksbewegung ins Leben zu rufen. Auf Grund der Entschlossenheit einer Parteileitung und der Parteidisziplin der sozialdemokratischen Arbeiterschaft kann man wohl eine einmalige kurze Demonstration veranstalten, wie der schwedische Massenstreik oder die jüngsten österreichischen oder auch der Hamburger Massenstreik vom 17. Januar. Diese Demonstrationen unterscheiden sich aber von einer wirklichen Periode revolutionärer Massenstreiks genau so, wie sich die bekannten Flottendemonstrationen in fremden Häfen bei gespannten diplomatischen Beziehungen von einem Seekrieg unterscheiden. Ein aus lauter Disziplin und Begeisterung geborener Massenstreik wird im besten Falle als eine Episode, als ein Symptom der Kampfstimmung der Arbeiterschaft eine Rolle spielen, worauf die Verhältnisse aber in den ruhigen Alltag zurückfallen. Freilich fallen auch während der Revolution die Massenstreiks nicht ganz vom Himmel. Sie müssen so oder anders von den Arbeitern gemacht werden. Der Entschluß und Beschluß der Arbeiterschaft spielt auch dabei eine Rolle, und zwar kommt die Initiative sowie die weitere Leitung natürlich dem organisierten und aufgeklärtesten sozialdemokratischen Kern des Proletariats zu. Allein diese Initiative und diese Leitung haben einen Spielraum meistens nur in Anwendung auf die einzelnen Akte, einzelnen Streiks, wenn die revolutionäre Periode bereits vorhanden ist, und zwar meistens in den Grenzen einer einzelnen Stadt. So hat z. B., wie wir

gesehen, die Sozialdemokratie mehrmals direkt die Losung zum Massenstreik in Baku, in Warschau, in Lodz, in Petersburg mit Erfolg gegeben. Dasselbe gelingt schon viel weniger in Anwendung auf allgemeine Bewegungen des gesamten Proletariats. Ferner sind dabei der Initiative und der bewußten Leitung ganz bestimmte Schranken gesteckt. Gerade während der Revolution ist es für irgend ein leitendes Organ der proletarischen Bewegung äußerst schwer, vorauszusehen und zu berechnen, welcher Anlß und welche Momente zu Explosionen führen können und welche nicht. Auch hier besteht die Initiative und Leitung nicht in dem Kommandieren aus freien Stücken, sondern in der möglichst geschickten Anpassung an die Situation und möglichst engen Fühlung mit den Stimmungen der Masse. Das Element des Spontanen spielt, wie wir gesehen, in allen russischen Massenstreiks ohne Ausnahme eine große Rolle, sei es als treibendes oder als hemmendes Element. Dies rührt aber nicht daher, weil in Rußland die Sozialdemokratie noch jung oder schwach ist, sondern daher, weil bei jedem einzelnen Akt des Kampfes so viele unübersehbare ökonomische, politische und soziale, allgemeine und lokale, materielle und psychische Momente mitwirken, dß kein einziger Akt sich wie ein Rechenexempel bestimmen und abwickeln läßt. Die Revolution ist, auch wenn in ihr das Proletariat mit der Sozialdemokratie an der Spitze die führende Rolle spielt, nicht ein Manöver des Proletariats im freien Felde, sondern es ist ein Kampf mitten im unaufhörlichen Krachen, Zerbröckeln, Verschieben aller sozialen Fundamente. Kurz, in den Massenstreiks in Rußland spielt das Element des Spontanen eine so vorherrschende Rolle, nicht weil das russische Proletariat »ungeschult« ist, sondern weil sich Revolutionen nicht schulmeistern lassen.

Anderseits aber sehen wir in Rußland, dß dieselbe Revolution, die der Sozialdemokratie das Kommando über den Massenstreik so sehr erschwert und ihr alle Augenblicke launig das Dirigentenstöckchen aus der Hand schlägt oder in die Hand drückt, dß sie dafür selbst gerade alle jene Schwierigkeiten der Massenstreiks löst, die im theoretischen Schema der deutschen Diskussion als die Hauptsorgen der »Leitung« behandelt werden: die Frage der »Verproviantierung«, der »Kostendeckung« und der »Opfer«. Freilich, sie löst sie durchaus nicht in dem Sinne, wie man es bei einer ruhigen, vertraulichen Konferenz zwischen den leitenden Oberinstanzen der Arbeiterbewegung mit dem Bleistift in der Hand regelt. Die »Regelung« all dieser Fragen besteht darin, dß die Revolution eben so enorme Volksmassen auf die Bühne bringt, dß jede Berechnung und Regelung der Kosten ihrer Bewegung, wie man die Kosten eines Zivilprozesses im voraus aufzeichnet, als ein ganz hoffnungsloses Unternehmen erscheint. Gewiß suchen auch die leitenden Organisationen in Rußland die direkten Opfer des Kampfes nach Kräften zu unterstützen. So wurden z. B. die tapferen Opfer der Riesenaussperrung in Petersburg infolge der Achtstundenkampagne wochenlang unterstützt. Allein alle diese Mßnahmen sind in der enormen Bilanz der Revolution ein Tropfen im Meere. Mit dem Augenblick, wo eine wirkliche ernste Massenstreikperiode beginnt, verwandeln sich alle »Kostenberechnungen« in das Vorhaben, den Ozean mit einem Wasserglas auszuschöpfen. Es ist nämlich ein Ozean furchtbarer Entbehrungen und Leiden, durch den jede Revolution für die Proletariermasse erkauft wird. Und die Lösung, die eine revolutionäre Periode dieser scheinbar unüberwindlichen Schwierigkeit gibt, besteht darin, dß sie zugleich eine so gewaltige Summe von Massenidealismus auslöst, bei der die Masse gegen die schärfsten Leiden unempfindlich wird. Mit der Psychologie eines Gewerkschaftlers, der sich auf keine Arbeitsruhe bei der Maifeier einläßt, bevor ihm eine genau bestimmte Unterstützung für den Fall seiner Mßregelung im voraus zugesichert wird, läßt sich weder Revolution noch Massenstreik machen. Aber im Sturm der revolutionären Periode verwandelt sich eben der Proletarier aus einem Unterstützung heischenden vorsorglichen Familienvater in einen »Revolutionsromantiker«, für den sogar das höchste Gut, nämlich das Leben, geschweige das materielle Wohlsein, im Vergleich mit den Kampfidealen geringen Wert besitzt.

Wenn aber die Leitung der Massenstreiks im Sinne des Kommandos über ihre Entstehung und im Sinne der Berechnung und Deckung ihrer Kosten Sache der revolutionären Periode selbst ist, so kommt dafür die Leitung bei Massenstreiks in einem ganz anderen Sinne der Sozialdemokratie und ihren führenden Organen zu. Statt sich mit der technischen Seite, mit dem Mechanismus der Massenstreiks fremden Kopf zu zerbrechen, ist die Sozialdemokratie berufen, die politische Leitung auch mitten in der Revolutionsperiode zu übernehmen. Die Parole, die Richtung dem Kampfe zu geben, die Taktik des politischen Kampfes so einzurichten, dß in jeder Phase und in jedem Moment des Kampfes die ganze Summe der vorhandenen und bereits ausgelösten, betätigten Macht des Proletariats realisiert wird und in der Kampfstellung der Partei zum Ausdruck kommt, dß die Taktik der Sozialdemokratie nach ihrer Entschlossenheit und Schärfe nie unter dem Niveau des tatsächlichen Kräfteverhältnisses steht, sondern vielmehr diesem Verhältnis vorauseilt, das ist die wichtigste Aufgabe der »Leitung« in der Periode der Massenstreiks. Und diese Leitung schlägt von selbst gewissermßen in technische Leitung um. Eine konsequente, entschlossene, vorwärtsstrebende Taktik der Sozialdemokratie ruft in der Masse das Gefühl der Sicherheit, des Selbstvertrauens und der Kampflust hervor; eine schwankende, schwächliche, auf der Unterschätzung des Proletariats basierte Taktik wirkt auf die Masse lähmend und verwirrend. Im ersteren Falle brechen Massenstreiks »von selbst« und immer »rechtzeitig« aus, im zweiten bleiben mitunter direkte Aufforderungen der Leitung zum Massenstreik erfolglos. Und für beides liefert die russische Revolution sprechende Beispiele.

V.

Es fragt sich nun, wie weit alte Lehren, die man aus den russischen Massenstreiks ziehen kann, auf Deutschland passen. Die sozialen und politischen Verhältnisse, die Geschichte und der Stand der Arbeiterbewegung sind in Deutschland und in Rußland völlig verschieden. Auf den ersten Blick mögen auch die oben aufgezeichneten inneren Gesetze der russischen Massenstreiks lediglich als das Produkt spezifisch russischer Verhältnisse erscheinen, die für das deutsche Proletariat gar nicht in Betracht kommen. Zwischen dem politischen und ökonomischen Kampf in der russischen Revolution besteht der engste innere Zusammenhang; ihre Einheit kommt in der Periode der Massenstreiks zum Ausdruck. Aber ist das nicht eine einfache Folge des russischen Absolutismus? In einem Staate, wo jede Form und jede Äußerung der Arbeiterbewegung verboten, wo der einfachste Streik ein politisches Verbrechen ist, muß auch logischerweise jeder ökonomische Kampf zum politischen werden.

Ferner, wenn umgekehrt gleich der erste Ausbruch der politischen Revolution eine allgemeine Abrechnung der russischen Arbeiterschaft mit dem Unternehmertum nach sich gezogen hat, so ist das wiederum die einfache Folge des Umstandes, dß der russische Arbeiter bis dahin auf dem tiefsten Niveau der Lebenshaltung stand und überhaupt noch niemals einen regelmäßigen ökonomischen Kampf um die Besserung seiner Lage geführt hatte. Das Proletariat in Rußland mußte sich gewissermßen aus dem allergröbsten erst herausarbeiten, was Wunder, dß es dazu mit jugendlichem Wagemut griff, sobald die Revolution den ersten frischen Hauch in die Stickluft des Absolutismus hineingebracht hatte. Und endlich erklärt sich der stürmische revolutionäre Verlauf der russischen Massenstreiks, sowie ihr vorwiegend spontaner, elementarer Charakter einerseits aus der politischen Zurückgebliebenheit Rußlands, aus der Notwendigkeit, erst den orientalischen Despotismus zu stürzen, anderseits aus dem Mangel an Organisation und Schulung des russischen Proletariats. In einem Lande, wo die Arbeiterklasse 80 Jahre Erfahrung im politischen Leben, eine drei Millionen starke sozialdemokratische Partei und eineinviertel Million gewerkschaftlich organisierte Kerntruppen hat, kann der politische Kampf, können die Massenstreiks unmöglich denselben stürmischen und elementaren Charakter annehmen wie in einem halbbarbarischen Staate, der erst den Sprung aus dem Mittelalter in die neuzeitliche bürgerliche Ordnung macht. Dies die landläufige Vorstellung bei denjenigen, die den Reifegrad der gesellschaftlichen Verhältnisse eines Landes aus dem Wortlaut seiner geschriebenen Gesetze ablesen wollen.

Untersuchen wir die Fragen nach der Reihe. Zunächst ist es verkehrt, den Beginn des ökonomischen Kampfes in Rußland erst von dem Ausbruch der Revolution zu datieren. Tatsächlich waren die Streiks, die Lohnkämpfe im eigentlichen Rußland seit Anfang der neunziger Jahre, in Russisch-Polen sogar seit Ende der achtziger Jahre, immer mehr auf der Tagesordnung und hatten sich zuletzt das faktische Bürgerrecht erworben. Freilich zogen sie häufig brutale polizeiliche Mßregelungen nach sich, gehörten aber trotzdem zu den alltäglichen Erscheinungen. Bestand doch z. B. in Warschau und Lodz bereits im Jahre 1891 je eine bedeutende allgemeine Streikkasse, und die Schwärmerei für die Gewerkschaften hat in diesen Jahren in Polen für kurze Zeit sogar jene »ökonomischen« Illusionen geschaffen, die in Petersburg und im übrigen Rußland einige Jahre später grassierten.

Desgleichen liegt viel Übertreibung in der Vorstellung, als habe der Proletarier im Zarenreich vor der Revolution durchweg auf dem Lebensniveau eines Paupers gestanden. Gerade die jetzt im ökonomischen wie im politischen Kampfe tätigste und eifrigste Schicht der großindustriellen großstädtischen Arbeiter stand in bezug auf ihr materielles Lebensniveau kaum viel tiefer als die entsprechende Schicht des deutschen Proletariats, und in manchen Berufen kann man in Rußland gleiche, ja hier und da selbst höhere Löhne finden als in Deutschland. Auch in Bezug auf die Arbeitszeit wird der Unterschied zwischen den großindustriellen Betrieben hier und dort kaum ein bedeutender sein. Somit sind die Vorstellungen, die mit einem vermeintlichen materiellen und kulturellen Helotentum der russischen Arbeiterschaft rechnen, ziemlich aus der Luft gegriffen. Dieser Vorstellung müßte bei einigem Nachdenken schon die Tatsache der Revolution selbst und der hervorragenden Rolle des Proletariats in ihr widersprechen. Mit Paupers werden keine Revolutionen von dieser politischen Reife und Gedankenklarheit gemacht, und der im Vordertreffen des Kampfes stehende Petersburger und Warschauer, Moskauer und Odessaer Industriearbeiter ist kulturell und geistig dem westeuropäischen Typus viel näher, als sich diejenigen denken, die als die einzige und unentbehrliche Kulturschule des Proletariats den bürgerlichen Parlamentarismus und die regelrechte Gewerkschaftspraxis betrachten. Die moderne großkapitalistische Entwicklung Rußlands und die anderthalbjahrzehnte lange geistige Einwirkung der Sozialdemokratie, die den ökonomischen Kampf ermutigte und leitete, haben auch ohne die äußeren Garantien der bürgerlichen Rechtsordnung ein tüchtiges Stück Kulturarbeit geleistet.

Der Kontrast wird aber noch geringer, wenn wir auf der anderen Seite etwas tiefer in das tatsächliche Lebensniveau der deutschen Arbeiterschaft hineinblicken. Die großen politischen Massenstreiks haben in Rußland vom ersten Augenblick die breitesten Schichten des Proletariats aufgerüttelt und in fieberhaften ökonomischen Kampf gestürzt. Allein, gibt es in Deutschland nicht ganze dunkle Winkel im Dasein der Arbeiterschaft, wo das wärmende Licht der Gewerkschaften bis jetzt sehr spärlich eindringt, ganze große Schichten, die bis jetzt gar nicht oder vergeblich auf dem Wege alltäglicher Lohnkämpfe sich aus dem sozialen Helotentum emporzuheben versuchen? Nehmen wir das Bergarbeiterelend. Schon in dem ruhigen Werkeltag, in der kalten Atmosphäre des parlamentarischen Einerlei Deutschlands – wie in den anderen Ländern auch, selbst im Dorado der Gewerkschaften, in England – äußert sich der Lohnkampf der Bergarbeiter fast nicht anders als von Zeit zu Zeit in gewaltigen Eruptionen, in Massenstreiks von typischem, elementarem Charakter. Dies zeigt eben, dß der Gegensatz zwischen Kapital und Arbeit hier ein zu scharfer und gewaltiger ist, als dß er sich in die Form ruhiger, planmäßiger, partieller Gewerkschaftskämpfe zerbröckeln ließe. Dieses Bergarbeiterelend aber mit seinem eruptiven Boden, das schon in »normalen« Zeiten einen Wetterwinkel von größter Heftigkeit bildet, müßte sich in Deutschland bei jeder größeren politischen Massenaktion der Arbeiterklasse, bei jedem stärkeren Ruck, der das momentane Gleichgewicht des sozialen Alltags verschiebt, unvermeidlich sofort in einen gewaltigen ökonomisch-sozialen Kampf entladen. Nehmen wir ferner das Textilarbeiterelend. Auch hier geben die erbitterten und meistens resultatlosen Ausbrüche des Lohnkampfes, der das Vogtland alle paar Jahre durchtobt, einen schwachen Begriff von der Vehemenz, mit der die große, zusammengeknäuelte Masse der Heloten des kartellierten Textilkapitals bei einer politischen Erschütterung, bei einer kräftigen und kühnen Massenaktion des deutschen Proletariats explodieren müßte. Nehmen wir ferner das Heimarbeiterelend, das Konfektionsarbeiterelend, dasElektrizitätsarbeiterelend, lauter Wetterwinkel, in denen um so sicherer bei jeder politischen Lufterschütterung in Deutschland gewaltige wirtschaftliche Kämpfe ausbrechen werden, je seltener das Proletariat hier sonst, in ruhigen Zeiten, den Kampf aufnimmt und je erfolgloser es jedesmal kämpft, je brutaler es vom Kapital gezwungen wird, zähneknirschend ins Sklavenjoch zurückzukehren.

Nun aber kommen in Betracht ganze große Kategorien des Proletariats, die überhaupt bei dem »normalen« Lauf der Dinge in Deutschland von jeder Möglichkeit eines ruhigen wirtschaftlichen Kampfes um die Hebung ihrer Lage und von jedem Gebrauch des Koalitionsrechts ausgeschlossen sind. Vor allem nennen wir zum Beispiel das glänzende Elend der Eisenbahn- und derPostangestellten. Bestehen doch für diese Staatsarbeiter mitten im parlamentarischen Rechtsstaat Deutschland russische Zustände, wohlgemerkt russische, wie sie nur vor der Revolution, während der ungetrübten Herrlichkeit des Absolutismus, bestanden. Bereits in dem großen Oktoberstreik 1905 stand der russische Eisenbahner in dem noch formell absolutistischen Rußland in bezug auf seine wirtschaftliche und soziale Bewegungsfreiheit turmhoch über dem deutschen. Die russischen Eisenbahner und Postangestellten haben sich das Koalitionsrecht faktisch im Sturm erobert, und wenn es auch momentan Prozeß auf Prozeß und Mßregelung auf Mßregelung regnet, den inneren Zusammenhalt vermag ihnen nichts mehr zu nehmen. Es wäre aber eine völlig falsche psychologische Rechnung, wollte man mit der deutschen Reaktion annehmen, dß der Kadavergehorsam der deutschen Eisenbahner und Postangestellten ewig dauern wird, dß er ein Fels ist, den nichts zermürben kann. Wenn sich auch die deutschen Gewerkschaftsführer an die bestehenden Zustände dermßen gewöhnt haben, dß sie ungetrübt durch diese in ganz Europa fast beispiellose Schmach mit einiger Genugtuung die Erfolge des Gewerkschaftskampfes in Deutschland überblicken können, so wird sich der tiefverborgene, lange aufgespeicherte Groll der uniformierten Staatssklaven bei einer allgemeinen Erhebung der Industriearbeiter unvermeidlich Luft zu verschaffen suchen. Und wenn die industrielle Vorhut des Proletariats in Massenstreiks nach weiteren politischen Rechten greifen oder die alten wird verteidigen wollen, muß der große Trupp der Eisenbahner und Postangestellten sich naturnotwendig auf seine besondere Schmach besinnen und endlich einmal zur Befreiung von der Extraportion russischen Absolutismus erheben, die für ihn speziell in Deutschland errichtet ist. Die pedantische Auffassung, die große Volksbewegungen nach Schema und Rezept abwickeln will, glaubt in der Eroberung des Koalitionsrechts für die Eisenbahner die notwendige Voraussetzung zu erblicken, bei der man erst an einen Massenstreik in Deutschland wird »denken dürfen«. Der wirkliche und natürliche Gang der Ereignisse kann nur ein umgekehrter sein: nur aus einer kräftigen spontanen Massenstreikaktion kann tatsächlich das Koalitionsrecht der deutschen Eisenbahner wie der Postangestellten geboren werden. Und die bei den bestehenden Verhältnissen in Deutschland unlösbare Aufgabe wird unter dem Eindruck und dem Druck einer allgemeinen politischen Massenaktion des Proletariats ganz plötzlich ihre Möglichkeiten und ihre Lösung finden.

Und endlich das größte und wichtigste: das Landarbeiterelend. Wenn die englischen Gewerkschaften ausschließlich auf die Industriearbeiter zugeschnitten sind, so ist das der dem spezifischen Charakter der englischen Nationalwirtschaft, bei der geringen Rolle der Landwirtschaft im ganzen des ökonomischen Lebens eher eine begreifliche Erscheinung. In Deutschland wird eine gewerkschaftliche Organisation, und sei sie noch so glänzend ausgebaut, wenn sie lediglich die Industriearbeiter umfßt und für das ganze große Heer der Landarbeiter unzugänglich ist, immer nur ein schwaches Teilbild der Lage des Proletariats im ganzen geben. Es wäre aber wiederum eine verhängnisvolle Illusion, zu glauben, dß die Zustände auf dem flachen Lande unveränderliche und unbewegliche seien, dß sowohl die unermüdliche Aufklärungsarbeit der Sozialdemokratie, wie noch mehr die ganze innere Klassenpolitik Deutschlands nicht beständig die äußere Passivität des Landarbeiters unterwühlen, und dß bei irgend einer größeren allgemeinen Klassenaktion des deutschen Industrieproletariats, zu welchem Zweck sie auch unternommen sei, nicht auch das ländliche Proletariat in Aufruhr kommt. Dies kann sich aber ganz naturgemäß nicht anders als zunächst in einem allgemeinen stürmischen ökonomischen Kampf, in gewaltigen Massenstreiks der Landarbeiter äußern.

So verschiebt sich das Bild der angeblichen wirtschaftlichen Überlegenheit des deutschen Proletariats über das russische ganz bedeutend, wenn wir den Blick von der Tabelle der gewerkschaftlich organisierten Industrie- und Handwerksbranchen auf jene großen Gruppen des Proletariats richten, die ganz außerhalb des gewerkschaftlichen Kampfes stehen oder deren besondere wirtschaftliche Lage sich nicht in den engen Rahmen des alltäglichen gewerkschaftlichen Kleinkriegs hineinzwängen läßt. Wir sehen dann ein gewaltiges Gebiet nach dem anderen, wo die Zuspitzung der Gegensätze die äußerste Grenze erreicht hat, wo Zündstoff in Hülle und Fülle aufgehäuft ist, wo sehr viel »russischer Absolutismus« in nacktester Form steckt und wo wirtschaftlich die allerelementarsten Abrechnungen mit dem Kapital erst nachzuholen sind.

Alle diese alten Rechnungen würden dann bei einer allgemeinen politischen Massenaktion des Proletariats unvermeidlich dem herrschenden System präsentiert werden. Eine künstlich arrangierte einmalige Demonstration des städtischen Proletariats, eine bloße aus Disziplin und nach dem Taktstock eines Parteivorstandes ausgeführte Massenstreikaktion könnte freilich die breiteren Volksschichten kühl und gleichgültig lassen. Allein eine wirkliche, aus revolutionärer Situation geborene, kräftige und rücksichtslose Kampfaktion des Industrieproletariats müßte sicher auf tiefer liegende Schichten zurückwirken und gerade alle diejenigen, die in normalen ruhigen Zeiten abseits des gewerkschaftlichen Tageskampfes stehen, in einen stürmischen allgemeinen ökonomischen Kampf mitreißen.

Kommen wir aber auch auf die organisierten Vordertruppen des deutschen Industrieproletariats zurück und halten uns anderseits die heute von der russischen Arbeiterschaft verfochtenen Ziele des ökonomischen Kampfes vor die Augen, so finden wir durchaus nicht, dß es Bestrebungen sind, auf die die deutschen ältesten Gewerkschaften Grund hätten, wie auf ausgetretene Kinderschuhe über die Achsel zu schauen. So ist die wichtigste allgemeine Forderung der russischen Streiks seit dem 22. Januar 1905, der Achtstundentag, gewiß kein überwundener Standpunkt für das deutsche Proletariat, vielmehr in den allermeisten Fällen ein schönes fernes Ideal. Dasselbe trifft auf den Kampf mit dem »Hausherrnstandpunkt« zu, auf den Kampf um die Einführung der Arbeiterausschüsse in allen Fabriken, um die Abschaffung der Akkordarbeit, um die Abschaffung der Heimarbeit im Handwerk, um völlige Durchführung der Sonntagsruhe, um Anerkennung des Koalitionsrechts. Ja, bei näherem Zusehen sind sämtliche ökonomischen Kampfobjekte des russischen Proletariats in der jetzigen Revolution auch für das deutsche Proletariat höchst aktuell und berühren lauter wunde Stellen des Arbeiterdaseins.

Daraus ergibt sich vor allem, dß der reine politische Massenstreik, mit dem man vorzugsweise operiert, auch für Deutschland ein bloßes lebloses theoretisches Schema ist. Werden die Massenstreiks aus einer starken revolutionären Gärung sich auf natürlichem Wege als ein entschlossener politischer Kampf der städtischen Arbeiterschaft ergeben, so werden sie ebenso natürlich, genau wie in Rußland, in eine ganze Periode elementarer ökonomischer Kämpfe umschlagen. Die Befürchtungen also der Gewerkschaftsführer, als könnte der Kampf um die ökonomischen Interessen in einer Periode stürmischer politischer Kämpfe, in einer Periode der Massenstreiks, einfach auf die Seite geschoben und erdrückt werden, beruhen auf einer ganz in der Luft schwebenden schulmäßigen Vorstellung von dem Gang der Dinge. Eine revolutionäre

Periode würde vielmehr auch in Deutschland den Charakter des gewerkschaftlichen Kampfes ändern und ihn dermßen potenzieren, dß der heutige Guerillakrieg der Gewerkschaften dagegen ein Kinderspiel sein wird. Und anderseits würde aus diesem elementaren ökonomischen Massenstreikgewitter auch der politische Kampf immer wieder neue Anstöße und frische Kräfte schöpfen. Die Wechselwirkung zwischen ökonomischem und politischem Kampf, die die innere Triebfeder der heutigen Massenstreiks in Rußland und zugleich sozusagen den regulierenden Mechanismus der revolutionären Aktion des Proletariats bildet, würde sich ebenso naturgemäß auch in Deutschland aus den Verhältnissen selbst ergeben.

VI.

Im Zusammenhang damit bekommt auch die Frage von der Organisation in ihrem Verhältnis zum Problem des Massenstreiks in Deutschland ein wesentlich anderes Gesicht.

Die Stellung mancher Gewerkschaftsführer zu der Frage erschöpft sich gewöhnlich in der Behauptung: »Wir sind noch nicht stark genug, um eine so gewagte Kraftprobe wie einen Massenstreik zu riskieren.« Nun ist dieser Standpunkt insofern ein unhaltbarer, weil es eine unlösbare Aufgabe ist, auf dem Wege einer ruhigen, zahlenmäßigen Berechnung festzustellen, wann das Proletariat zu irgend einem Kampfe »stark genug sei«. Vor 30 Jahren zählten die deutschen Gewerkschaften 50 000 Mitglieder. Das war offenbar eine Zahl, bei der, nach dem obigen Mßstab, an einen Massenstreik nicht zu denken war. Nach weiteren 15 Jahren waren die Gewerkschaften viermal so stark und zählten 237 000 Mitglieder. Wenn man jedoch damals die heutigen Gewerkschaftsführer gefragt hätte, ob nun die Organisation des Proletariats zu einem Massenstreik reif wäre, so hätten sie sicher geantwortet, dß dies bei weitem nicht der Fall sei und dß die gewerkschaftlich Organisierten erst nach Millionen zählen müßten. Heute gehen die organisierten Gewerkschaftsmitglieder bereits in die zweite Million, aber die Ansicht ihrer Führer ist genau dieselbe, was offenbar so ins Unendliche gehen kann. Stillschweigend wird dabei vorausgesetzt, dß überhaupt die gesamte Arbeiterklasse Deutschlands bis auf den letzten Mann und die letzte Frau in die Organisation aufgenommen werden müsse, bevor man »stark genug sei«, eine Massenaktion zu wagen, die alsdann, nach der alten Formel, sich auch noch wahrscheinlich als »überflüssig« herausstellen würde. Diese Theorie ist jedoch aus dem einfachen Grunde völlig utopisch, weil sie an einem inneren Widerspruch leidet, sich im schlimmen Zirkel dreht. Die Arbeiter sollen, bevor sie irgend einen direkten Klassenkampf vornehmen können, sämtlich organisiert sein. Die Verhältnisse, die Bedingungen der kapitalistischen Entwicklung und des bürgerlichen Staates bringen es aber mit sich, dß bei dem »normalen« Verlauf der Dinge, ohne stürmische Klassenkämpfe, bestimmte Schichten – und zwar gerade das Gros, die wichtigsten, die tiefststehenden, die vom Kapital und vom Staate am meisten gedrückten Schichten des Proletariats – eben gar nicht organisiert werden können. Sehen wir doch selbst in England, dß ein ganzes Jahrhundert unermüdlicher Gewerkschaftsarbeit ohne alle »Störungen« – ausgenommen im Anfange die Periode der Chartistenbewegung – ohne alle »revolutionsromantischen« Verirrungen und Lockungen, es nicht weiter gebracht haben, als dahin, eine Minderheit der bessersituierten Schichten des Proletariats zu organisieren.

Anderseits aber können die Gewerkschaften, wie alle Kampforganisationen des Proletariats, sich selbst nicht auf die Dauer anders erhalten, als gerade im Kampf, und zwar nicht im Sinne allein des Froschmäusekrieges in den stehenden Gewässern der bürgerlich-parlamentarischen Periode, sondern im Sinne heftiger, revolutionärer Perioden des Massenkampfes. Die steife, mechanisch-bureaukratische Auffassung will den Kampf nur als Produkt der Organisation auf einer gewissen Höhe ihrer Stärke gelten lassen. Die lebendige dialektische Entwicklung läßt umgekehrt die Organisation als ein Produkt des Kampfes entstehen. Wir haben bereits ein grandioses Beispiel dieser Erscheinung in Rußland gesehen, wo ein so gut wie gar nicht organisiertes Proletariat sich in anderthalb Jahren stürmischen Revolutionskampfes ein umfassendes Netz von Organisationsansätzen geschaffen hat. Ein anderes Beispiel dieser Art zeigt die eigene Geschichte der deutschen Gewerkschaften. Im Jahre 1878 betrug die Zahl der Gewerkschaftsmitglieder 50 000. Nach der Theorie der heutigen Gewerkschaftsführer war diese Organisation, wie gesagt, bei weitem nicht »stark genug«, um einen heftigen politischen Kampf aufzunehmen. Die deutschen Gewerkschaften haben aber, so schwach sie damals waren, den Kampf aufgenommen – nämlich den Kampf mit dem Sozialistengesetz – und sie erwiesen sich nicht nur »stark genug«, aus dem Kampfe als Sieger hervorzugehen, sondern sie haben in diesem Kampfe ihre Kraft verfünffacht; sie umfßten nach dem Fall des Sozialistengesetzes im Jahre 1891 277 659 Mitglieder. Allerdings entspricht die Methode, nach der die Gewerkschaften im Kampfe mit dem Sozialistengesetz gesiegt haben, nicht dem Ideal eines friedlichen, bienenartigen ununterbrochenen Ausbaus; sie gingen erst im Kampfe sämtlich in Trümmer, um sich dann aus der nächsten Welle emporzuschwingen und neu geboren zu werden. Dies ist aber eben die den proletarischen Klassenorganisationen entsprechende spezifische Methode des Wachstums: im Kampfe sich zu erproben und aus dem Kampfe wieder reproduziert hervorzugehen.

Nach näherer Prüfung der deutschen Verhältnisse und der Lage der verschiedenen Schichten der Arbeiter ist es klar, dß auch die kommende Periode stürmischer politischer Massenkämpfe für die deutschen Gewerkschaften nicht den befürchteten drohenden Untergang, sondern umgekehrt neue ungeahnte Perspektiven einer rapiden sprungweisen Erweiterung ihrer Machtsphäre mit sich bringen würde. Allein die Frage hat noch eine andere Seite. Der Plan, Massenstreiks als ernste politische Klassenaktion bloß mit Organisierten zu unternehmen, ist überhaupt ein gänzlich hoffnungsloser. Soll der Massenstreik, oder vielmehr sollen die Massenstreiks, soll der Massenkampf einen Erfolg haben, so muß er zu einer wirklichen Volksbewegungwerden, d. h. die breitesten Schichten des Proletariats mit in den Kampf ziehen. – Schon bei der parlamentarischen Form beruht die Macht des proletarischen Klassenkampfes nicht auf dem kleinen organisierten Kern, sondern auf der breiten umliegenden Peripherie des revolutionär gesinnten Proletariats. Wollte die Sozialdemokratie bloß mit ihren paar Hunderttausend Organisierten Wahlschlachten schlagen, dann würde sie sich selbst zur Nullität verurteilen. Und ist es auch eine Tendenz der Sozialdemokratie, womöglich fast den gesamten großen Heerbann ihrer Wähler in die Parteiorganisationen aufzunehmen, so wird doch nach 30jähriger Erfahrung der Sozialdemokratie nicht ihre Wählermasse durch das Wachstum der Parteiorganisation erweitert, sondern umgekehrt die durch den Wahlkampf jeweilig eroberten frischen Schichten der Arbeiterschaft bilden das Ackerfeld für die darauffolgende Organisationsaussaat. Auch hier liefert nicht nur die Organisation die Kampftruppen, sondern der Kampf liefert in noch größerem Mße die Rekrutiertruppen für die Organisation. In viel höherem Grade als auf den parlamentarischen Kampf bezieht sich dasselbe offenbar auf die direkte politische Massenaktion. Ist auch die Sozialdemokratie, als organisierter Kern der Arbeiterklasse, die führende Vordertruppe des gesamten arbeitenden Volkes und fließt auch die politische Klarheit, die Kraft, die Einheit der Arbeiterbewegung gerade aus dieser Organisation, so darf doch die Klassenbewegung des Proletariats niemals als Bewegung der organisierten Minderheit aufgefßt werden. Jeder wirkliche große Klassenkampf muß auf der Unterstützung und Mitwirkung der breitesten Massen beruhen, und eine Strategie des Klassenkampfes, die nicht mit dieser Mitwirkung rechnete, die bloß auf die hübsch ausgeführten Märsche des kasernierten kleinen Teils des Proletariats zugeschnitten wäre, ist im voraus zum kläglichen Fiasko verurteilt.

Die Massenstreiks, die politischen Massenkämpfe können also unmöglich in Deutschland von den Organisierten allein getragen und auf eine regelrechte »Leitung« aus einer Parteizentrale berechnet werden. In diesem Falle kommt es aber wieder – ganz wie in Rußland – nicht sowohl auf »Disziplin«, »Schulung« und auf möglichst sorgfältige Vorausbestimmung der Unterstützungs- und der Kostenfrage an, als vielmehr auf eine wirkliche revolutionäre, entschlossene Klassenaktion, die im stande wäre, die breitesten Kreise der nichtorganisierten, aber ihrer Stimmung und ihrer Lage nach revolutionären Proletariermassen zu gewinnen und mitzureißen.

Die Überschätzung und die falsche Einschätzung der Rolle der Organisation im Klassenkampf des Proletariats wird gewöhnlich ergänzt durch die Geringschätzung der unorganisierten Proletariermasse und ihrer politischen Reife. In einer revolutionären Periode, im Sturme großer, aufrüttelnder Klassenkämpfe zeigt sich erst die ganze erzieherische Wirkung der raschen kapitalistischen Entwicklung und der sozialdemokratischen Einflüsse auf die breitesten Volksschichten, wovon in ruhigen Zeiten die Tabellen der Organisationen und selbst die Wahlstatistiken nur einen ganz schwachen Begriff geben.

Wir haben gesehen, dß in Rußland seit zirka zwei Jahren aus dem geringsten partiellen Konflikt der Arbeiter mit dem Unternehmertum, aus der geringsten lokalen Brutalität der Regierungsorgane sofort eine große, allgemeine Aktion des Proletariats entstehen kann. Jedermann sieht und findet es natürlich, weil in Rußland eben »die Revolution« da ist. Was bedeutet aber dies? Es bedeutet, dß das Klassengefühl, der Klasseninstinkt bei dem russischen Proletariat in höchstem Mße lebendig ist, so dß es jede partielle Sache irgend einer kleinen Arbeitergruppe unmittelbar als allgemeine Sache, als Klassenangelegenheit empfindet und blitzartig darauf als Ganzes reagiert. Während in Deutschland, in Frankreich, in Italien, in Holland die heftigsten gewerkschaftlichen Konflikte gar keine allgemeine Aktion der Arbeiterklasse – und sei es auch nur des organisierten Teils – hervorrufen, entfacht in Rußland der geringste Anlß einen ganzen Sturm. Das will aber nichts anderes besagen, als dß gegenwärtig der Klasseninstinkt – so paradox es klingen mag – bei dem jungen, ungeschulten, schwach aufgeklärten und noch schwächer organisierten russischen Proletariat ein unendlich stärkerer ist, als bei der organisierten, geschulten und aufgeklärten Arbeiterschaft Deutschlands oder eines anderen westeuropäischen Landes. Und das ist nicht etwa eine besondere Tugend des »jungen, unverbrauchten Ostens« im Vergleich mit dem »faulen Westen«, sondern es ist ein einfaches Resultat der unmittelbaren revolutionären Massenaktion. Bei dem deutschen aufgeklärten Arbeiter ist das von der Sozialdemokratie gepflanzte Klassenbewußtsein ein theoretisches, latentes: in der Periode der Herrschaft des bürgerlichen Parlamentarismus kann es sich als direkte Massenaktion in der Regel nicht betätigen; es ist hier die ideelle Summe der vierhundert Parallelaktionen der Wahlkreise während des Wahlkampfes, der vielen ökonomischen partiellen Kämpfe und dergleichen. In der Revolution, wo die Masse selbst auf dem politischen Schauplatz erscheint, wird das Klassenbewußtsein ein praktisches, aktives. Dem russischen Proletariat hat deshalb ein Jahr der Revolution jene »Schulung« gegeben, welche dem deutschen Proletariat 30 Jahre parlamentarischen und gewerkschaftlichen Kampfes nicht künstlich geben können. Freilich wird dieses lebendige, aktive Klassengefühl des Proletariats auch in Rußland nach dem Abschluß der Revolutionsperiode und nach der Herstellung eines bürgerlich-parlamentarischen Rechtsstaates bedeutend schwinden oder vielmehr in ein verborgenes, latentes umschlagen. Ebenso sicher wird aber umgekehrt in Deutschland in einer Periode kräftiger politischer Aktionen das lebendige, aktionsfähige revolutionäre Klassengefühl die breitesten und tiefsten Schichten des Proletariats ergreifen und zwar umso rascher und umso mächtiger, je gewaltiger das bis dahin geleistete Erziehungswerk der Sozialdemokratie ist. Dieses Erziehungswerk sowie die aufreizende und revolutionierende Wirkung der gesamten gegenwärtigen deutschen Politik wird sich darin äußern, dß der Fahne der Sozialdemokratie in einer ernsten revolutionären Periode alle jene Scharen plötzlich Folge leisten werden, die jetzt in scheinbarer politischer Stupidität gegen alle Organisierungsversuche der Sozialdemokratie und der Gewerkschaften unempfindlich sind. Sechs Monate einer revolutionären Periode werden an der Schulung dieser jetzt unorganisierten Massen das Werk vollenden, das zehn Jahre Volksversammlungen und Flugblattverteilungen nicht fertig zu bringen vermögen. Und wenn die Verhältnisse in Deutschland für eine solche Periode den Reifegrad erreicht haben, werden im Kampfe die heute unorganisierten zurückgebliebensten Schichten naturgemäß das radikalste, das ungestümste, nicht das mitgeschleppte Element bilden. Wird es in Deutschland zu Massenstreiks kommen, so werden fast sicher nicht die bestorganisierten – gewiß nicht die Buchdrucker – sondern die schlechter oder gar nicht organisierten, die Bergarbeiter, die Textilarbeiter, vielleicht gar die Landarbeiter die größte Aktionsfähigkeit entwickeln.

Auf diese Weise gelangen wir aber auch in Deutschland zu denselben Schlüssen in bezug auf die eigentlichen Aufgaben der Leitung, auf die Rolle der Sozialdemokratie gegenüber den Massenstreiks, wie bei der Analyse der russischen Vorgänge. Verlassen wir nämlich das pedantische Schema eines künstlich von Partei und Gewerkschafts wegen kommandierten demonstrativen Massenstreiks der organisierten Minderheit, und wenden wir uns dem lebendigen Bilde einer aus äußerster Zuspitzung der Klassengegensätze und der politischen Situation mit elementarer Kraft entstehenden wirklichen Volksbewegung zu, die sich sowohl in politischen wie in ökonomischen stürmischen Massenkämpfen, Massenstreiks entladet, so muß offenbar die Aufgabe der Sozialdemokratie nicht in der technischen Vorbereitung und Leitung des Massenstreiks, sondern vor allem in der politischen Führung der ganzen Bewegung bestehen.

Die Sozialdemokratie ist die aufgeklärteste, klassenbewußteste Vorhut des Proletariats. Sie kann und darf nicht mit verschränkten Armen fatalistisch auf den Eintritt der »revolutionären Situation« warten, darauf warten, dß jene spontane Volksbewegung vom Himmel fällt. Im Gegenteil, sie muß, wie immer, der Entwicklung der Dinge vorauseilen, sie zubeschleunigen suchen. Dies vermag sie aber nicht dadurch, dß sie zur rechten und unrechten Zeit ins Blaue hinein plötzlich die »Losung« zu einem Massenstreik ausgibt, sondern vor allem dadurch, dß sie den breitesten proletarischen Schichten den unvermeidlichen Eintritt dieser revolutionären Periode, die dazu führenden inneren sozialen Momente und diepolitischen Konsequenzen klar macht. Sollen breiteste proletarische Schichten für eine politische Massenaktion der Sozialdemokratie gewonnen werden und soll umgekehrt die Sozialdemokratie bei einer Massenbewegung die wirkliche Leitung ergreifen und behalten, der ganzen Bewegung im politischen Sinne Herr werden, dann muß sie mit voller Klarheit, Konsequenz und Entschlossenheit die Taktik, die Ziele dem deutschen Proletariat in der Periode der kommenden Kämpfe zu stecken wissen.

VII.

Wir haben gesehen, dß der Massenstreik in Rußland nicht ein künstliches Produkt einer absichtlichen Taktik der Sozialdemokratie, sondern eine natürliche geschichtliche Erscheinung auf dem Boden der jetzigen Revolution darstellt. Welche sind nun die Momente, die in Rußland diese neue Erscheinungsform der Revolution hervorgebracht haben?

Die russische Revolution hat zur nächsten Aufgabe die Beseitigung des Absolutismus und die Herstellung eines modernen bürgerlich-parlamentarischen Rechtsstaates. Formell ist es genau dieselbe Aufgabe, die in Deutschland der Märzrevolution, in Frankreich der großen Revolution am Ausgang des 18. Jahrhunderts bevorstand. Allein die Verhältnisse, das geschichtliche Milieu, in dem diese formell analogen Revolutionen stattfanden, sind grundverschieden von den heutigen Rußlands. Das Entscheidende ist der Umstand, dß zwischen jenen bürgerlichen Revolutionen des Westens und der heutigen bürgerlichen Revolution im Osten der ganze Cyklus der kapitalistischen Entwicklung abgelaufen ist. Und zwar hatte diese Entwicklung nicht bloß die westeuropäischen Länder, sondern auch das absolutistische Rußland ergriffen. Die Großindustrie mit allen ihren Konsequenzen, der modernen Klassenscheidung, den schroffen sozialen Kontrasten, dem modernen Großstadtleben und dem modernen Proletariat, ist in Rußland die herrschende, d. h. in der sozialen Entwicklung ausschlaggebende Produktionsform geworden. Daraus hat sich aber die merkwürdige, widerspruchsvolle, geschichtliche Situation ergeben, dß die nach ihren formellen Aufgaben bürgerliche Revolution in erster Reihe von einem modernen klassenbewußten Proletariat ausgeführt wird, und in einem internationalen Milieu, das im Zeichen des Verfalls der bürgerlichen Demokratie steht. Nicht die Bourgeoisie ist jetzt das führende revolutionäre Element, wie in den früheren Revolutionen des Westens, während die proletarische Masse, aufgelöst im Kleinbürgertum, der Bourgeoisie Heerbanndienste leistet, sondern umgekehrt, das klassenbewußte Proletariat ist das führende und treibende Element, während die großbürgerlichen Schichten teils direkt kontrerevolutionär, teils schwächlich-liberal, und nur das ländliche Kleinbürgertum nebst der städtischen kleinbürgerlichen Intelligenz entschieden oppositionell, ja revolutionär gesinnt sind. Das russische Proletariat aber, das dermßen zur führenden Rolle in der bürgerlichen Revolution bestimmt ist, tritt selbst frei von allen Illusionen der bürgerlichen Demokratie, dafür mit einem stark entwickelten Bewußtsein der eigenen spezifischen Klasseninteressen, bei einem scharf zugespitzten Gegensatz zwischen Kapital und Arbeit, in den Kampf. Dieses widerspruchsvolle Verhältnis findet seinen Ausdruck in der Tatsache, dß in dieser formell bürgerlichen Revolution der Gegensatz der bürgerlichen Gesellschaft zum Absolutismus von dem Gegensatz des Proletariats zur bürgerlichen Gesellschaft beherrscht wird, dß der Kampf des Proletariats sich mit gleicher Kraft gleichzeitig gegen den Absolutismus und gegen die kapitalistische Ausbeutung richtet, dß das Programm der revolutionären Kämpfe mit gleichem Nachdruck auf die politische Freiheit und auf die Eroberung des Achtstundentages sowie einer menschenwürdigen materiellen Existenz für das Proletariat gerichtet ist. Dieser zwiespältige Charakter der russischen Revolution äußert sich in jener innigen Verbindung und Wechselwirkung des ökonomischen mit dem politischen Kampf, die wir an der Hand der Vorgänge in Rußland kennen gelernt haben, und die ihren entsprechenden Ausdruck eben im Massenstreik findet.

In den früheren bürgerlichen Revolutionen, wo einerseits die politische Schulung und Anführung der revolutionären Masse von den bürgerlichen Parteien besorgt wurde und wo es sich anderseits um den nackten Sturz der alten Regierung handelte, war die kurze Barrikadenschlacht die passende Form des revolutionären Kampfes. Heute, wo die

Arbeiterklasse sich selbst im Laufe des revolutionären Kampfes aufklären, selbst sammeln und selbst anführen muß, und wo die Revolution ihrerseits ebenso gegen die alte Staatsgewalt wie gegen die kapitalistische Ausbeutung gerichtet ist, erscheint der Massenstreik als das natürliche Mittel, die breitesten proletarischen Schichten in der Aktion selbst zu rekrutieren, zu revolutionieren und zu organisieren, ebenso wie es gleichzeitig ein Mittel ist, die alte Staatsgewalt zu unterminieren und zu stürzen und die kapitalistische Ausbeutung einzudämmen. Das städtische Industrieproletariat ist jetzt die Seele der Revolution in Rußland. Um aber irgend eine direkte politische Aktion als Masse auszuführen, muß sich das Proletariat erst zur Masse wieder sammeln und zu diesem Behufe muß es vor allem aus Fabriken und Werkstätten, aus Schächten und Hütten heraustreten, muß es die Pulverisierung und Zerbröckelung in den Einzelwerkstätten überwinden, zu der es im täglichen Joch des Kapitals verurteilt ist. Der Massenstreik ist somit die erste natürliche, impulsive Form jeder großen revolutionären Aktion des Proletariats, und je mehr die Industrie die vorherrschende Form der sozialen Wirtschaft, je hervorragender die Rolle des Proletariats in der Revolution und je entwickelter der Gegensatz zwischen Arbeit und Kapital, um so mächtiger und ausschlaggebender müssen die Massenstreiks werden. Die frühere Hauptform der bürgerlichen Revolutionen, die Barrikadenschlacht, die offene Begegnung mit der bewaffneten Macht des Staates, ist in der heutigen Revolution nur ein äußerster Punkt, nur ein Moment in dem ganzen Prozeß des proletarischen Massenkampfes.

Und damit ist in der neuen Form der Revolution auch jene Zivilisierung und Milderung der Klassenkämpfe erreicht, die von den Opportunisten der deutschen Sozialdemokratie, von den Bernstein, David u. a. prophetisch vorausgesagt wurde. Die Genannten erblickten freilich die ersehnte Milderung und Zivilisierung des Klassenkampfes, im Geiste kleinbürgerlich-demokratischer Illusionen, darin, dß der Klassenkampf ausschließlich zu einem parlamentarischen Kampf beschränkt und die Strßenrevolution einfach abgeschafft wird. Die Geschichte hat die Lösung in einer etwas tieferen und feineren Weise gefunden: in dem Aufkommen des revolutionären Massenstreiks, der freilich den nackten brutalen Strßenkampf durchaus nicht ersetzt und nicht überflüssig macht, ihn aber bloß zu einem Moment der langen politischen Kampfperiode reduziert und gleichzeitig mit der Revolutionsperiode ein enormes Kulturwerk im genauesten Sinne dieses Wortes verbindet: die materielle und geistige Hebung der gesamten Arbeiterklasse durch die »Zivilisierung« der barbarischen Formen der kapitalistischen Ausbeutung.

So erweist sich der Massenstreik also nicht als ein spezifisch russisches, aus dem Absolutismus entsprungenes Produkt, sondern als eine allgemeine Form des proletarischen Klassenkampfes, die sich aus dem gegenwärtigen Stadium der kapitalistischen Entwicklung und der Klassenverhältnisse ergibt. Die drei bürgerlichen Revolutionen: die große französische, die deutsche Märzrevolution und die jetzige russische bilden von diesem Standpunkt eine Kette der fortlaufenden Entwicklung, in der sich das Glück und Ende des kapitalistischen Jahrhunderts spiegelt. In der großen französischen Revolution geben die noch ganz unentwickelten inneren Widersprüche der bürgerlichen Gesellschaft für eine lange Periode gewaltiger Kämpfe Raum, wo sich alle die erst in der Hitze der Revolution rasch aufkeimenden und reifenden Gegensätze ungehindert und ungezwungen mit rücksichtslosem Radikalismus austoben. Ein halbes Jahrhundert später wird die auf halbem Wege der kapitalistischen Entwicklung ausgebrochene Revolution des deutschen Bürgertums schon durch den Gegensatz der Interessen und das Gleichgewicht der Kräfte zwischen Kapital und Arbeit in der Mitte unterbunden und durch einen bürgerlich-feudalen Kompromiß erstickt, zu einer kurzen, kläglichen, mitten im Worte verstummten Episode abgekürzt. Noch ein halbes Jahrhundert, und die heutige russische Revolution steht auf einem Punkt des geschichtlichen Weges, der bereits über den Berg, über den Höhepunkt der kapitalistischen Gesellschaft hinweggeschritten ist, wo die bürgerliche Revolution nicht mehr durch den Gegensatz zwischen Bourgeoisie und Proletariat erstickt werden kann, sondern umgekehrt zu einer neuen, langen Periode gewaltigster sozialer Kämpfe entfaltet wird, in denen die Begleichung der alten Rechnung mit dem Absolutismus als eine Kleinigkeit erscheint gegen die vielen neuen Rechnungen, die die Revolution selbst aufmacht. Die heutige Revolution realisiert somit in der besonderen Angelegenheit des absolutistischen Rußland zugleich die allgemeinen Resultate der internationalen kapitalistischen Entwicklung und erscheint weniger ein letzter Nachläufer der alten bürgerlichen, wie ein Vorläufer der neuen Serie der proletarischen Revolutionen des Westens. Das zurückgebliebenste Land weist, gerade weil es sich mit seiner bürgerlichen Revolution so unverzeihlich verspätet hat, Wege und Methoden des weiteren Klassenkampfes dem Proletariat Deutschlands und der vorgeschrittensten kapitalistischen Länder.

Demnach erscheint es, auch von dieser Seite genommen, gänzlich verfehlt, die russische Revolution als ein schönes Schauspiel, als etwas spezifisch »Russisches« von weitem zu betrachten und höchstens das Heldentum der Kämpfer, d. h. die äußeren Akzessorien des Kampfes zu bewundern. Viel wichtiger ist es, dß die deutschen Arbeiter die russische Revolution als ihre eigene Angelegenheit zu betrachten lernen, nicht bloß im Sinne der internationalen Klassensolidarität mit dem russischen Proletariat, sondern vor allem als ein Kapitel der eigenen sozialen und politischen Geschichte. Diejenigen Gewerkschaftsführer und Parlamentarier, die das deutsche Proletariat als »zu schwach« und die deutschen Verhältnisse als zu unreif für revolutionäre Massenkämpfe betrachten, haben offenbar keine Ahnung davon, dß der Gradmesser der Reife der Klassenverhältnisse in Deutschland und der Macht des Proletariats nicht in den Statistiken der deutschen Gewerkschaften oder in den Wahlstatistiken liegt, sondern – in den Vorgängen der russischen Revolution. Genau so, wie sich die Reife der französischen Klassengegensätze unter der Julimonarchie und die Pariser Junischlacht in der deutschen Märzrevolution, in ihrem Verlauf und ihrem Fiasko spiegelte, ebenso spiegelt sich heute die Reife der deutschen Klassengegensätze in den Vorgängen, in der Macht der russischen Revolution. Und während die Bureaukraten der deutschen Arbeiterbewegung den Nachweis ihrer Kraft und ihrer Reife in den Schubfächern ihrer Kontore auskramen, sehen sie nicht, dß das Gesuchte gerade vor ihren Augen in einer großen historischen Offenbarung liegt, denn geschichtlich genommen ist die russische Revolution ein Reflex der Macht und der Reife der internationalen, also in erster Linie der deutschen Arbeiterbewegung.

Es wäre deshalb ein gar zu klägliches, grotesk winziges Resultat der russischen Revolution, wollte das deutsche Proletariat aus ihr bloß die Lehre ziehen, dß es – wie die Gen. Frohme, Elm und andere wollen – von der russischen Revolution die äußere Form des Kampfes, den Massenstreik entlehnt und zu einer Vorratskanone für den Fall der Kassierung des Reichstagswahlrechts, also zu einem passiven Mittel der parlamentarischen Defensive kastriert. Wenn man uns das Reichstagswahlrecht nimmt, dann wehren wir uns. Das ist ein ganz selbstverständlicher Entschluß. Aber zu diesem Entschluß braucht man sich nicht in die heldenhafte Pose eines Danton zu werfen, wie es z. B. Genosse Elm in Jena getan; denn die Verteidigung des bereits besessenen bescheidenen Mßes der parlamentarischen Rechte ist weniger eine himmelstürmende Neuerung, zu der erst die furchtbaren Hekatomben der russischen Revolution als Ermunterung notwendig waren, als vielmehr die einfachste und erste Pflicht jeder Oppositionspartei. Allein die bloße Defensive darf niemals die Politik des

Proletariats in einer Revolutionsperiode erschöpfen. Und wenn es einerseits schwerlich mit Sicherheit vorausgesagt werden kann, ob die Vernichtung des allgemeinen Wahlrechts in Deutschland in einer Situation eintritt, die unbedingt eine sofortige Massenstreikaktion hervorrufen wird, so ist es anderseits ganz sicher, dß, sobald wir in Deutschland in die Periode stürmischer Massenaktionen eingetreten sind, die Sozialdemokratie unmöglich auf die bloße parlamentarische Defensive ihre Taktik festlegen darf. Den Anlß und den Moment vorauszubestimmen, an dem die Massenstreiks in Deutschland ausbrechen sollen, liegt außerhalb der Macht der Sozialdemokratie, weil es außerhalb ihrer Macht liegt, geschichtliche Situationen durch Parteitagsbeschlüsse herbeizuführen. Was sie aber kann und muß, ist, die politischen Richtlinien dieser Kämpfe, wenn sie einmal eintreten, klarlegen und in einer entschlossenen, konsequenten Taktik formulieren. Man hält nicht die geschichtlichen Ereignisse im Zaum, indem man ihnen Vorschriften macht, sondern indem man sich im voraus ihre wahrscheinlichen berechenbaren Konsequenzen zum Bewußtsein bringt und die eigene Handlungsweise danach einrichtet.

Die zunächst drohende politische Gefahr, auf die sich die deutsche Arbeiterbewegung seit einer Reihe von Jahren gefßt macht, ist ein Staatsstreich der Reaktion, der den breitesten Schichten der arbeitenden Volksmasse das wichtigste politische Recht, das Reichstagswahlrecht, wird entreißen wollen. Trotz der ungeheuren Tragweite dieses eventuellen Ereignisses ist es, wie gesagt, unmöglich, mit Bestimmtheit zu behaupten, dß auf den Staatsstreich alsdann sofort eine offene Volksbewegung in der Form von Massenstreiks ausbricht, weil uns heute alle jene unzähligen Umstände und Momente unbekannt sind, die bei einer Massenbewegung die Situation mitbestimmen. Allein, wenn man die gegenwärtige äußerste Zuspitzung der Verhältnisse in Deutschland und anderseits die mannigfachen internationalen Rückwirkungen der russischen Revolution und weiter des künftigen renovierten Rußlands in Betracht zieht, so ist es klar, dß der Umsturz in der deutschen Politik, der aus einer Kassierung des Reichstagswahlrechts entstehen würde, nicht bei dem Kampf um dieses Wahlrecht allein Halt machen könnte. Dieser Staatsstreich würde vielmehr in kürzerer oder längerer Frist mit elementarer Macht eine große allgemeine politische Abrechnung der einmal empörten und aufgerüttelten Volksmassen mit der Reaktion nach sich ziehen – eine Abrechnung für den Brotwucher, für die künstliche Fleischteuerung, für die Auspowerung durch den uferlosen Militarismus und Marinismus, für die Korruption der Kolonialpolitik, für die nationale Schmach des Königsberger Prozesses, für den Stillstand der Sozialreform, für die Entrechtung der Eisenbahner, der Postbeamten und der Landarbeiter, für die Bemogelung und Verhöhnung der Bergarbeiter, für das Löbtauer Urteil und die ganze Klassenjustiz, für das brutale Aussperrungssystem – kurz, für den gesamten zwanzigjährigen Druck der koalierten Herrschaft des ostelbischen Junkertums und des kartellierten Großkapitals.

Ist aber einmal der Stein ins Rollen gekommen, so kann er, ob es die Sozialdemokratie will oder nicht, nicht mehr zum Stillstand gebracht werden. Die Gegner des Massenstreiks pflegen die Lehren und Beispiele der russischen Revolution, als für Deutschland gar nicht mßgebend, vor allem deshalb abzuweisen, weil ja in Rußland erst der gewaltige Sprung aus einer orientalischen Despotie in eine moderne bürgerliche Rechtsordnung gemacht werden mußte. Der formelle Abstand zwischen der alten und der neuen politischen Ordnung soll für die Vehemenz und die Gewalt der Revolution in Rußland als ausreichender Erklärungsgrund dienen. In Deutschland haben wir längst die notwendigsten Formen und Garantien des Rechtsstaats, weshalb hier ein so elementares Toben der sozialen Gegensätze unmöglich ist. Die also spekulieren, vergessen, dß dafür in Deutschland, wenn es einmal zum Ausbruch offener politischer Kämpfe kommt, eben das geschichtlich bedingte Ziel ein ganz anderes sein wird, als heute in Rußland. Gerade weil die bürgerliche Rechtsordnung in Deutschland längst besteht, weil sie also Zeit hatte, sich gänzlich zu erschöpfen und auf die Neige zu gehen, weil die bürgerliche Demokratie und der Liberalismus Zeit hatten, auszusterben, kann von einer bürgerlichen Revolution in Deutschland nicht mehr die Rede sein. Und deshalb kann es sich bei einer Periode offener politischer Volkskämpfe in Deutschland als letztes geschichtlich notwendiges Ziel nur noch um die Diktatur des Proletariats handeln. Der Abstand aber dieser Aufgabe von den heutigen Zuständen in Deutschland ist ein noch viel gewaltigerer, als der Abstand der bürgerlichen Rechtsordnung von der orientalischen Despotie, und deshalb kann diese Aufgabe auch nicht mit einem Schlag, sondern gleichfalls in einer langen Periode gigantischer sozialer Kämpfe vollzogen werden.

Liegt aber nicht ein krasser Widerspruch in den von uns aufgezeichneten Perspektiven? Einerseits heißt es, bei einer eventuellen künftigen Periode der politischen Massenaktion werden vor allem die zurückgebliebensten Schichten des deutschen Proletariats, die Landarbeiter, die Eisenbahner, die Postsklaven, erst ihr Koalitionsrecht erobern, die ärgsten Auswüchse der Ausbeutung erst beseitigt werden müssen, anderseits soll die politische Aufgabe dieser Periode schon die politische Machteroberung durch das Proletariat sein! Einerseits ökonomische, gewerkschaftliche Kämpfe um die nächsten Interessen, um die materielle Hebung der Arbeiterklasse, anderseits schon das äußerste Endziel der Sozialdemokratie! Gewiß, das sind krasse Widersprüche, aber nicht Widersprüche unseres Raisonnements, sondern Widersprüche der kapitialistischen Entwicklung. Sie verläuft nicht in einer hübschen, geraden Linie, sondern im schroffen blitzähnlichen Zickzack. Ebenso wie die verschiedenen kapitalistischen Länder die verschiedensten Stadien der Entwicklung darstellen, ebenso innerhalb jedes Landes die verschiedenen Schichten derselben Arbeiterklasse. Die Geschichte wartet aber nicht geduldig, bis erst die zurückgebliebenen Länder und Schichten die fortgeschrittensten eingeholt haben, damit sich das Ganze wie eine stramme Kolonne symmetrisch weiter bewegen kann. Sie bringt es bereits in den vordersten exponiertesten Punkten zu Explosionen, sobald die Verhältnisse hier dafür reif sind, und im Sturme der revolutionären Periode wird dann in wenigen Tagen und Monaten das Versäumte nachgeholt, das Ungleiche ausgeglichen, der gesamte soziale Fortschritt mit einem Ruck in Sturmschritt versetzt.

Wie in der russischen Revolution sich die ganze Stufenleiter der Entwicklung und der Interessen der verschiedenen Arbeiterschichten in dem sozialdemokratischen Programm der Revolution und die unzähligen partiellen Kämpfe in der gemeinsamen großen Klassenaktion des Proletariats vereinigen, so wird es, wenn die Verhältnisse dafür reif sind, auch in Deutschland der Fall sein. Und Aufgabe der Sozialdemokratie wird es alsdann sein, ihre Taktik nicht nach den zurückgebliebensten Phasen der Entwicklung, sondern nach den fortgeschrittensten zu richten.

VIII.

Das wichtigste Erfordernis in der früher oder später kommenden Periode der großen Kämpfe, die der deutschen Arbeiterklasse harren, ist, neben der vollen Entschlossenheit und Konsequenz der Taktik, die möglichste Aktionsfähigkeit, also mögliche Einheit des führenden sozialdemokratischen Teils der proletarischen Masse. Indes bereits die ersten schwachen Versuche zur Vorbereitung einer größeren Massenaktion haben sofort einen wichtigen Übelstand in dieser Hinsicht aufgedeckt: die völlige Trennung und Verselbständigung der beiden Organisationen der Arbeiterbewegung, der Sozialdemokratie und der Gewerkschaften.

Es ist klar aus der näheren Betrachtung der Massenstreiks in Rußland sowie aus den Verhältnissen in Deutschland selbst, dß irgend eine größere Massenaktion, wenn sie sich nicht bloß auf eine einmalige Demonstration beschränken, sondern zu einer wirklichen Kampfaktion werden soll, unmöglich als ein sogenannter politischer Massenstreik gedacht werden kann. Die Gewerkschaften würden an einer solchen Aktion in Deutschland genau so beteiligt sein wie die Sozialdemokratie. Nicht aus dem Grunde, weil, wie die Gewerkschaftsführer sich einbilden, die Sozialdemokratie angesichts ihrer viel geringeren Organisation auf die Mitwirkung der 1-1/4 Million Gewerkschaftler angewiesen wäre und ohne sie nichts zu stande bringen könnte, sondern aus einem viel tiefer liegenden Grunde: weil jede direkte Massenaktion oder Periode offener Klassenkämpfe zugleich eine politische und ökonomische sein würde. Wird es in Deutschland aus irgend einem Anlß und in irgend einem Zeitpunkt zu großen politischen Kämpfen, zu Massenstreiks kommen, so wird das zugleich eine Ära gewaltiger gewerkschaftlicher Kämpfe in Deutschland eröffnen, wobei die Ereignisse nicht im mindesten danach fragen werden, ob die Gewerkschaftsführer zu der Bewegung ihre Zustimmung gegeben haben oder nicht. Stehen sie auf der Seite oder suchen sich gar der Bewegung zu widersetzen, so wird der Erfolg dieses Verhaltens nur der sein, dß die Gewerkschaftsführer, genau wie die Parteiführer im analogen Falle, von der Welle der Ereignisse einfach auf die Seite geschoben und die ökonomischen wie die politischen Kämpfe der Masse ohne sie ausgekämpft werden.

In der Tat. Die Trennung zwischen dem politischen und dem ökonomischen Kampf und die Verselbständigung beider ist nichts als ein künstliches, wenn auch geschichtlich bedingtes Produkt der parlamentarischen Periode. Einerseits wird hier, bei dem ruhigen, »normalen« Gang der bürgerlichen Gesellschaft, der ökonomische Kampf zersplittert, in eine Vielheit einzelner Kämpfe in jeder Unternehmung, in jedem Produktionszweige aufgelöst. Anderseits wird der politische Kampf nicht durch die Masse selbst in einer direkten Aktion geführt, sondern, den Formen des bürgerlichen Staates entsprechend, auf repräsentativem Wege, durch den Druck auf die gesetzgebenden Vertretungen. Sobald eine Periode revolutionärer Kämpfe eintritt, d. h. sobald die Masse auf dem Kampfplatz erscheint, fallen sowohl die Zersplitterung des ökonomischen Kampfes wie die indirekte parlamentarische Form des politischen Kampfes weg; in einer revolutionären Massenaktion sind politischer und ökonomischer Kampf eins und die künstliche Schranke zwischen Gewerkschaft und Sozialdemokratie als zwei getrennten, ganz selbständigen Formen der Arbeiterbewegung wird einfach weggeschwemmt. Was aber in der revolutionären Massenbewegung augenfällig zum Ausdruck kommt, trifft auch für die parlamentarische Periode als wirkliche Sachlage zu. Es gibt nicht zwei verschiedene Klassenkämpfe der Arbeiterklasse, einen ökonomischen und einen politischen, sondern es gibt nur einen Klassenkampf, der gleichzeitig auf die Einschränkung der kapitalistischen Ausbeutung innerhalb der bürgerlichen Gesellschaft und auf die Abschaffung der Ausbeutung mitsamt der bürgerlichen Gesellschaft gerichtet ist.

Wenn sich diese zwei Seiten des Klassenkampfes auch aus technischen Gründen in der parlamentarischen Periode voneinander trennen, so stellen sie doch nicht etwa zwei parallel verlaufende Aktionen, sondern bloß zwei Phasen, zwei Stufen des Emanzipationskampfes der Arbeiterklasse dar. Der gewerkschaftliche Kampf umfßt die Gegenwartsinteressen, der sozialdemokratische Kampf die Zukunftsinteressen der Arbeiterbewegung. Die Kommunisten, sagt das kommunistische Manifest, vertreten gegenüber verschiedenen Gruppeninteressen (nationalen, lokalen Interessen) der Proletarier die gemeinsamen Interessen des gesamten Proletariats und in den verschiedenen Entwicklungsstufen des Klassenkampfes das Interesse der Gesamtbewegung d. h. die Endziele der Befreiung des Proletariats. Die Gewerkschaften vertreten nun die Gruppeninteressen und eine Entwicklungsstufe der Arbeiterbewegung. Die Sozialdemokratie vertritt die Arbeiterklasse und ihre Befreiungsinteressen im ganzen. Das Verhältnis der Gewerkschaften zur Sozialdemokratie ist demnach das eines Teiles zum Ganzen, und wenn unter den Gewerkschaftsführern die Theorie von der »Gleichberechtigung« der Gewerkschaften und der Sozialdemokratie soviel Anklang findet, so beruht das auf einer gründlichen Verkennung des Wesens selbst der Gewerkschaften und ihrer Rolle im allgemeinen Befreiungskampfe der Arbeiterklasse.

Diese Theorie von der parallelen Aktion der Sozialdemokratie und der Gewerkschaften und von ihrer »Gleichberechtigung« ist jedoch nicht völlig aus der Luft gegriffen, sondern hat ihre geschichtlichen Wurzeln. Sie beruht nämlich auf einer Illusion der ruhigen, »normalen« Periode der bürgerlichen Gesellschaft, in der der politische Kampf der Sozialdemokratie in demparlamentarischen Kampf aufzugehen scheint. Der parlamentarische Kampf aber, das ergänzende Gegenstück zum Gewerkschaftskampf, ist ebenso wie dieser ein Kampf ausschließlich auf dem Boden der bürgerlichen Gesellschaftsordnung. Er ist seiner Natur nach politische Reformarbeit, wie die Gewerkschaften ökonomische Reformarbeit sind. Er stellt politische Gegenwartsarbeit dar, wie die Gewerkschaften ökonomische Gegenwartsarbeit darstellen. Er ist, wie sie, auch bloß eine Phase, eine Entwicklungsstufe im Ganzen des proletarischen Klassenkampfes, dessen Endziele über den parlamentarischen Kampf wie über den gewerkschaftlichen Kampf in gleichem Mße hinausgehen. Der parlamentarische Kampf verhält sich zur sozialdemokratischen Politik denn auch wie ein Teil zum Ganzen, genau so wie die gewerkschaftliche Arbeit. Die Sozialdemokratie ist eben heute die Zusammenfassung sowohl des parlamentarischen wie des gewerkschaftlichen Kampfes in einem auf die Abschaffung der bürgerlichen Gesellschaftsordnung gerichteten Klassenkampf.

Die Theorie von der »Gleichberechtigung« der Gewerkschaften mit der Sozialdemokratie ist also kein bloßes theoretisches Mißverständnis, keine bloße Verwechslung, sondern sie ist ein Ausdruck der bekannten Tendenz jenes opportunistischen Flügels der Sozialdemokratie, der den politischen Kampf der Arbeiterklasse auch tatsächlich auf den parlamentarischen Kampf reduzieren und die Sozialdemokratie aus einer revolutionären proletarischen in eine kleinbürgerliche Reformpartei umwandeln will. Wollte die Sozialdemokratie die Theorie von der »Gleichberechtigung« der Gewerkschaften akzeptieren, so würde sie damit in indirekter Weise und stillschweigend jene Verwandlung akzeptieren, die von den Vertretern der opportunistischen Richtung längst angestrebt wird.

Indes ist in Deutschland eine solche Verschiebung des Verhältnisses innerhalb der Arbeiterbewegung unmöglicher als in irgend einem anderen Lande. Das theoretische Verhältnis, wonach Gewerkschaften bloß ein Teil der Sozialdemokratie sind, findet gerade in Deutschland seine klassische Illustration in den Tatsachen, in der lebendigen Praxis, und zwar äußert sich dies nach drei Richtungen hin. Erstens sind die deutschen Gewerkschaften direkt ein Produkt der Sozialdemokratie; sie ist es, die die Anfänge der jetzigen Gewerkschaftsbewegung in Deutschland geschaffen hat, sie ist es, die sie großgezogen, sie liefert bis auf heute ihre Leiter und die tätigsten Träger ihrer Organisation. Zweitens sind die deutschen Gewerkschaften ein Produkt der Sozialdemokratie auch in dem Sinne, dß die sozialdemokratische Lehre die Seele der gewerkschaftlichen Praxis bildet, die Gewerkschaften verdanken ihre Überlegenheit über alle bürgerlichen und konfessionellen Gewerkschaften dem Gedanken des Klassenkampfes; ihre praktischen Erfolge, ihre Macht sind ein Resultat des Umstandes, dß ihre Praxis von der Theorie des wissenschaftlichen Sozialismus erleuchtet und über die Niederungen eines engherzigen Empirismus gehoben ist. Die Stärke der »praktischen Politik« der deutschen Gewerkschaften liegt in ihrer Einsicht in die tieferen sozialen und wirtschaftlichen Zusammenhänge der kapitalistischen Ordnung; diese Einsicht verdanken sie aber niemand anderem, als der Theorie des wissenschaftlichen Sozialismus, auf der sie in ihrer Praxis fußen. In diesem Sinne ist jenes Suchen nach der Emanzipierung der Gewerkschaften von der sozialdemokratischen Theorie nach einer anderen »gewerkschaftlichen Theorie« im Gegensatz zur Sozialdemokratie vom Standpunkte der Gewerkschaften selbst und ihrer Zukunft nichts anderes, als ein Selbstmordversuch. Die Loslösung der gewerkschaftlichen Praxis von der Theorie des wissenschaftlichen Sozialismus würde für die deutschen Gewerkschaften einen sofortigen Verlust der ganzen Überlegenheit gegenüber allen bürgerlichen Gewerkschaftssorten, einen Sturz von ihrer bisherigen Höhe auf das Niveau eines haltlosen Tastens und reinen platten Empirismus bedeuten.

Endlich aber drittens sind die Gewerkschaften, wovon ihre Führer allmählich das Bewußtsein verloren haben, auch direkt in ihrer zahlenmäßigen Stärke, ein Produkt der sozialdemokratischen Bewegung und der sozialdemokratischen Agitation. Gewiß ging und geht die gewerkschaftliche Agitation in manchen Gegenden der sozialdemokratischen voran und überall ebnet die gewerkschaftliche Arbeit auch der Parteiarbeit die Wege. Vom Standpunkte ihrer Wirkung arbeiten Partei und Gewerkschaften einander völlig in die Hand. Allein, wenn man das Bild des Klassenkampfes in Deutschland im ganzen und in seinen tiefer liegenden Zusammenhängen überblickt, so verschiebt sich das Verhältnis erheblich. Manche Gewerkschaftsleiter pflegen gern mit einigem Triumph von der stolzen Höhe ihrer 1-1/4 Millionen Mitglieder auf die armselige, noch nicht volle halbe Million der organisierten Mitglieder der Sozialdemokratie herabzublicken und sie an jene Zeiten vor 10 bis 12 Jahren zu erinnern, wo man in den Reihen der Sozialdemokratie über die Perspektiven der gewerkschaftlichen Entwicklung noch pessimistisch dachte. Sie bemerken gar nicht, dass zwischen diesen zwei Tatsachen: der hohen Ziffer der Gewerkschaftsmitglieder und der niedrigen Ziffer der sozialdemokratisch Organisierten in gewissem Mße ein direkter kausaler Zusammenhang besteht. Tausende und Abertausende von Arbeitern treten den Parteiorganisationen nicht bei, eben weil sie in die Gewerkschaften eintreten. Der Theorie nach müßten alle Arbeiter zweifach organisiert sein: zweierlei Versammlungen besuchen, zweifache Beiträge zahlen, zweierlei Arbeiterblätter lesen usw. Um dies jedoch zu tun, dazu gehört schon ein hoher Grad der Intelligenz und jener Idealismus, der aus reinem Pflichtgefühl gegenüber der Arbeiterbewegung tägliche Opfer an Zeit und Geld nicht scheut, endlich auch jenes leidenschaftliche Interesse für das eigentliche Parteileben, das nur durch die Zugehörigkeit zur Parteiorganisation befriedigt werden kann. All das trifft bei der aufgeklärtesten und intelligentesten Minderheit der sozialdemokratischen Arbeiterschaft in den Großstädten zu, wo das Parteileben ein inhaltreiches und anziehendes, wo die Lebenshaltung der Arbeiter eine höhere ist. Bei den breiteren Schichten der großstädtischen Arbeitermasse aber, sowie in der

Provinz, in den kleineren und kleinsten Nestern, wo das lokale politische Leben ein unselbständiges, ein bloßer Reflex der hauptstädtischen Vorgänge, wo das Parteileben folglich auch ein armes und monotones ist, wo endlich die wirtschaftliche Lebenshaltung des Arbeiters meistens eine sehr kümmerliche, da ist das doppelte Organisationsverhältnis sehr schwer durchzuführen.

Für den sozialdemokratisch gesinnten Arbeiter aus der Masse wird dann die Frage von selbst in der Weise gelöst, dß er eben seiner Gewerkschaft beitritt. Den unmittelbaren Interessen seines wirtschaftlichen Kampfes kann er nämlich, was durch die Natur dieses Kampfes selbst bedingt ist, nicht anders genügen, als durch den Beitritt zu einer Berufsorganisation. Der Beitrag, den er hier vielfach unter bedeutenden Opfern seiner Lebenshaltung zahlt, bringt ihm unmittelbaren, sichtlichen Nutzen. Seine sozialdemokratische Gesinnung aber vermag er auch ohne Zugehörigkeit zu einer speziellen Parteiorganisation zu betätigen: durch Stimmabgabe bei den Parlamentswahlen, durch den Besuch sozialdemokratischer Volksversammlungen, durch das Verfolgen der Berichte über sozialdemokratische Reden in den Vertretungskörpern, durch das Lesen der Parteipresse – man vergleiche zum Beispiel die Zahl der sozialdemokratischen Wähler sowie die Abonnentenzahl des »Vorwärts« mit der Zahl der organisierten Parteimitglieder in Berlin. Und, was das Ausschlaggebende ist: der sozialdemokratisch gesinnte durchschnittliche Arbeiter aus der Masse, der als einfacher Mann kein Verständnis für die komplizierte und feine sogenannte »Zweiseelentheorie« haben kann, fühlt sich eben auch in der Gewerkschaftsozialdemokratisch organisiert. Tragen die Zentralverbände auch kein offizielles Parteischild, so sieht doch der Arbeitsmann aus der Masse in jeder Stadt und jedem Städtchen an der Spitze seiner Gewerkschaft als die tätigsten Leiter diejenigen Kollegen, die er auch als Genossen, als Sozialdemokraten aus dem öffentlichen Leben kennt: bald als sozialdemokratische Reichstags-, Landtags- oder Gemeindeabgeordnete, bald als sozialdemokratische Vertrauensmänner, Wahlvereinsvorstände, Parteiredakteure, Parteisekretäre, oder einfach als Redner und Agitatoren. Er hört ferner in der Agitation in seiner Gewerkschaft meistens dieselben ihm lieb und verständlich gewordenen Gedanken über die kapitalistische Ausbeutung, über Klassenverhältnisse, die er auch aus der sozialdemokratischen Agitation kennt; ja die meisten und beliebtesten Redner in den Gewerkschaftsversammlungen sind eben bekannte Sozialdemokraten.

So wirkt alles dahin, dem klassenbewußten Durchschnittsarbeiter das Gefühl zu geben, dß er, indem er sich gewerkschaftlich organisiert, dadurch auch seiner Arbeiterpartei angehört, sozialdemokratisch organisiert ist. Und darin liegt eben die eigentliche Werbekraft der deutschen Gewerkschaften. Nicht dank dem Schein der Neutralität, sondern dank der sozialdemokratischen Wirklichkeit ihres Wesens, haben es die Zentralverbände vermocht, ihre heutige Stärke zu erreichen. Dies ist einfach durch dieselbe Mitexistenz verschiedener bürgerlich-parteilicher: katholischer, Hirsch-Dunckerscher &c. Gewerkschaften begründet, durch die man eben die Notwendigkeit jener politischen »Neutralität« zu begründen sucht. Wenn der deutsche Arbeiter, der die volle freie Wahl hat, sich einer christlichen, katholischen, evangelischen oder freisinnigen Gewerkschaft anzuschließen, keine von diesen, sondern die »freie Gewerkschaft« wählt, oder gar aus jenen in diese übertritt, so tut er dies nur, weil er die Zentralverbände als ausgesprochene Organisationen des modernen Klassenkampfes, oder, was in Deutschland dasselbe, als sozialdemokratische Gewerkschaften auffßt. Kurz: der Schein der »Neutralität«, der für manche Gewerkschaftsführer existiert, besteht für die Masse der gewerkschaftlich Organisierten nicht. Und dies ist das ganze Glück der Gewerkschaftsbewegung. Sollte jener Schein der »Neutralität«, jene Entfremdung und Loslösung der Gewerkschaften von der Sozialdemokratie zur Wahrheit und namentlich in den Augen der proletarischen Masse zur Wirklichkeit werden, dann würden die Gewerkschaften sofort ihren ganzen Vorzug gegenüber den bürgerlichen Konkurrenzverbänden und damit auch ihre Werbekraft, ihr belebendes Feuer, verlieren. Das Gesagte wird durch allgemein bekannte Tatsachen schlagend bewiesen. Der Schein der partei-politischen »Neutralität« der Gewerkschaften konnte nämlich als Anziehungsmittel hervorragende Dienste leisten in einem Lande, wo die Sozialdemokratie selbst keinen Kredit bei den Massen besitzt, wo ihr Odium einer Arbeiterorganisation in den Augen der Masse noch eher schadet als nützt, wo mit einem Wort die Gewerkschaften ihre Truppen erst aus einer ganz unaufgeklärten, bürgerlich gesinnten Masse selbst rekrutieren müssen.

Das Muster eines solchen Landes war das ganze vorige Jahrhundert hindurch und ist auch heute noch in gewissem Mße – England. In Deutschland jedoch liegen die Parteiverhältnisse ganz anders. In einem Lande, wo die Sozialdemokratie die mächtigste politische Partei ist, wo ihre Werbekraft durch ein Heer von über drei Millionen Proletariern dargestellt wird, da ist es lächerlich, von dem abschreckenden Odium der Sozialdemokratie zu sprechen und von bei Notwendigkeit einer Kampforganisation der Arbeiter, die politische Neutralität zu wahren. Die bloße Zusammenstellung der Ziffer der sozialdemokratischen Wähler mit den Ziffern der gewerkschaftlichen Organisationen in Deutschland genügt, um für jedes Kind klar zu machen, dß die deutschen Gewerkschaften ihre Truppen nicht, wie in England, aus der unaufgeklärten bürgerlich gesinnten Masse, sondern aus der Masse der bereits durch die Sozialdemokratie aufgerüttelten und für den Gedanken des Klassenkampfes gewonnenen Proletarier, aus der sozialdemokratischen Wählermasse werben. Manche Gewerkschaftsführer weisen mit Entrüstung – dies ein Requisit der »Neutralitätstheorie« – den Gedanken von sich, die Gewerkschaften als Rekrutenschule für die Sozialdemokratie zu betrachten. Tatsächlich ist diese ihnen so beleidigend erscheinende, in Wirklichkeit höchst schmeichelhafte Zumutung in Deutschland durch den einfachen Umstand zur Phantasie gemacht, weil die Verhältnisse meistens umgekehrt liegen; es ist die Sozialdemokratie, die in Deutschland die Rekrutenschule für die Gewerkschaften bildet. Wenn auch das Organisationswerk der Gewerkschaften meistens noch ein sehr schweres und mühseliges ist, so ist, abgesehen von manchen Gegenden und Fällen, im großen und ganzen nicht bloß der Boden bereits durch den sozialdemokratischen Pflug urbar gemacht worden, sondern die gewerkschaftliche Saat selbst und endlich der Säemann müssen auch noch »rot«, sozialdemokratisch sein, damit die Ernte gedeiht. Wenn wir aber auf diese Weise die gewerkschaftlichen Stärkezahlen nicht mit den sozialdemokratischen Organisationen, sondern, was das einzig richtige ist, mit der sozialdemokratischen Wählermasse vergleichen, so kommen wir zu einem Schluß, der von der landläufigen Vorstellung in dieser Hinsicht bedeutend abweicht. Es stellt sich nämlich heraus, dß die »freien Gewerkschaften« heute tatsächlich noch die Minderheit der klassenbewußten Arbeiterschaft Deutschlands darstellen, haben sie doch mit ihrer 1-1/4 Million Organisierter noch nicht die Hälfte der von der Sozialdemokratie aufgerüttelten Masse ausschöpfen können.

Der wichtigste Schluß aus den angeführten Tatsachen ist der, dß die für die kommenden Massenkämpfe in Deutschland unbedingt notwendige völlige Einheit der gewerkschaftlichen und der sozialdemokratischen Arbeiterbewegung tatsächlich vorhanden ist, und zwar ist sie verkörpert in der breiten Masse, die gleichzeitig die Basis der Sozialdemokratie wie der Gewerkschaften bildet und in deren Bewußtsein beide Seiten der Bewegung zu einer geistigen Einheit verschmolzen sind. Der angebliche Gegensatz zwischen Sozialdemokratie und Gewerkschaften schrumpft bei dieser Sachlage zu einem Gegensatz zwischen der Sozialdemokratie und einem gewissen Teil der Gewerkschaftsbeamten zusammen, der aber zugleich ein Gegensatz innerhalb der Gewerkschaften zwischen diesem Teil der Gewerkschaftsführer und der gewerkschaftlich organisierten proletarischen Masse ist.

Das starke Wachstum der Gewerkschaftsbewegung in Deutschland im Laufe der letzten 15 Jahre, besonders in der Periode der wirtschaftlichen Hochkonjunktur 1895-1900, hat von selbst eine große Verselbständigung der Gewerkschaften, eine Spezialisierung ihrer Kampfmethoden und ihrer Leitung und endlich das Aufkommen eines regelrechten gewerkschaftlichen Beamtenstandes mit sich gebracht. All diese Erscheinungen sind ein vollkommen erklärliches und natürliches geschichtliches Produkt des fünfzehnjährigen Wachstums der Gewerkschaften, ein Produkt der wirtschaftlichen Prosperität und der politischen Windstille in Deutschland. Sie sind, wenn auch von gewissen Übelständen unzertrennlich, doch zweifellos ein historisch notwendiges Übel. Allein die Dialektik der Entwicklung bringt es eben mit sich, dß diese notwendigen Förderungsmittel des gewerkschaftlichen Wachstums auf einer gewissen Höhe der Organisation und bei einem gewissen Reifegrad der Verhältnisse in ihr Gegenteil, in Hemmnisse des weiteren Wachstums umschlagen.

Die Spezialisierung ihrer Berufstätigkeit als gewerkschaftlicher Leiter sowie der naturgemäß enge Gesichtskreis, der mit den zersplitterten ökonomischen Kämpfen in einer ruhigen Periode verbunden ist, führen bei den Gewerkschaftsbeamten nur zu leicht zum Bureaukratismus und zu einer gewissen Enge der Auffassung. Beides äußert sich aber in einer ganzen Reihe von Tendenzen, die für die Zukunft der gewerkschaftlichen Bewegung selbst höchst verhängnisvoll werden könnten. Dahin gehört vor allem die Überschätzung der Organisation, die aus einem Mittel zum Zweck allmählich in einen Selbstzweck, in ein höchstes Gut verwandelt wird, dem die Interessen des Kampfes untergeordnet werden sollen. Daraus erklärt sich auch jenes offen zugestandene Ruhebedürfnis, das vor einem größeren Risiko und vor vermeintlichen Gefahren für den Bestand der Gewerkschaften, vor der Ungewißheit größerer Massenaktionen zurückschreckt, ferner die Überschätzung der gewerkschaftlichen Kampfesweise selbst, ihrer Aussichten und ihrer Erfolge. Die beständig von dem ökonomischen Kleinkrieg absorbierten Gewerkschaftsleiter, die es zur Aufgabe haben, den Arbeitermassen den hohen Wert jeder noch so geringen ökonomischen Errungenschaft, jeder Lohnerhöhung oder Verkürzung der Arbeitszeit plausibel zu machen, kommen allmählich dahin, dß sie selbst die größeren Zusammenhänge und den Überblick über die Gesamtlage verlieren. Nur dadurch kann erklärt werden, dß manche Gewerkschaftsführer z. B. mit so großer Genugtuung auf die Errungenschaften der letzten 15 Jahre, auf die Millionen Mark Lohnerhöhungen hinweisen, anstatt umgekehrt den Nachdruck auf die andere Seite der Medaille zu legen: auf die gleichzeitig stattgefundene ungeheure Herabdrückung der proletarischen Lebenshaltung durch den Brotwucher, durch die gesamte Steuer- und Zollpolitik, durch den Bodenwucher, der die Wohnungsmieten in so exorbitanter Weise in die Höhe getrieben hat, mit einem Wort, auf all die objektiven Tendenzen der bürgerlichen Politik, die jene Errungenschaften der 15jährigen gewerkschaftlichen Kämpfe zu einem großen Teil wieder wett machen. Aus der ganzen sozialdemokratischen Wahrheit, die neben der Betonung der Gegenwartsarbeit und ihrer absoluten Notwendigkeit das Hauptgewicht auf die Kritik und die Schranken dieser Arbeit legt, wird so die halbe gewerkschaftliche Wahrheit zurechtgestutzt, die nur das Positive des Tageskampfes hervorhebt. Und schließlich wird aus dem Verschweigen der dem gewerkschaftlichen Kampfe gezogenen objektiven Schranken der bürgerlichen Gesellschaftsordnung eine direkte Feindseligkeit gegen jede theoretische Kritik, die auf diese Schranken im Zusammenhang mit den Endzielen der Arbeiterbewegung hinweist. Die unbedingte Lobhudelei, der grenzenlose Optimismus werden zur Pflicht jedes »Freundes der

Gewerkschaftsbewegung« gemacht. Da aber der sozialdemokratische Standpunkt gerade in der Bekämpfung des kritiklosen gewerkschaftlichen Optimismus, ganz wie in der Bekämpfung des kritiklosen parlamentarischen Optimismus besteht, so wird schließlich gegen die sozialdemokratische Theorie selbst Front gemacht: man sucht tastend nach einer »neuen gewerkschaftlichen Theorie«, d. h. nach einer Theorie, die den gewerkschaftlichen Kämpfen im Gegensatz zur sozialdemokratischen Lehre auf dem Boden der kapitalistischen Ordnung ganz unbeschränkte Perspektiven des wirtschaftlichen Aufstiegs eröffnen wurde. Eine solche Theorie existiert freilich schon seit geraumer Zeit: es ist dies die Theorie von Prof. Sombart, die ausdrücklich mit der Absicht aufgestellt wurde, einen Keil zwischen die Gewerkschaften und die Sozialdemokratie in Deutschland zu treiben und die Gewerkschaften auf bürgerlichen Boden hinüberzulocken.

Im engen Zusammenhang mit diesen theoretischen Tendenzen steht ein Umschwung im Verhältnis der Führer zur Masse. An Stelle der kollegialen Leitung durch lokale Kommissionen mit ihren zweifellosen Unzulänglichkeiten tritt die geschäftsmäßige Leitung des Gewerkschaftsbeamten. Die Initiative und die Urteilsfähigkeit werden damit sozusagen zu seiner Berufsspezialität, während der Masse hauptsächlich die mehr passive Tugend der Disziplin obliegt. Diese Schattenseiten des Beamtentums bergen sicherlich auch für die Partei bedeutende Gefahren in sich, die sich aus der jüngsten Steuerung, aus der Anstellung der lokalen Parteisekretäre, seht leicht ergeben können, wenn die sozialdemokratische Masse nicht darauf bedacht sein wird, dß die genannten Sekretäre reine Vollziehungsorgane bleiben und nicht etwa als die berufenen Träger der Initiative und der Leitung des lokalen Parteilebens betrachtet werden. Allein dem Bureaukratismus sind in der Sozialdemokratie durch die Natur der Sache, durch den Charakter des politischen Kampfes selbst engere Grenzen gezogen, als im Gewerkschaftsleben. Hier bringt gerade die technische Spezialisierung der Lohnkämpfe, z. B. der Abschluß von komplizierten Tarifverträgen und dergleichen, mit sich, dß der Masse der Organisierten häufig der »Überblick über das gesamte Gewerbsleben« abgesprochen und damit ihre Urteilsunfähigkeit begründet wird. Eine Blüte dieser Auffassung ist namentlich auch die Argumentation, mit der jede theoretische Kritik an den Aussichten und Möglichkeiten der Gewerkschaftspraxis verpönt wird, weil sie angeblich eine Gefahr für die gewerkschaftsfromme Gesinnung der Masse darstelle. Es wird dabei von der Ansicht ausgegangen, dß die Arbeitermasse nur bei blindem, kindlichen Glauben an das Heil des Gewerkschaftskampfes für die Organisation gewonnen und erhalten werden könne. Im Gegensatz zur Sozialdemokratie, die gerade auf der Einsicht der Masse in die Widersprüche der bestehenden Ordnung und in die ganze komplizierte Natur ihrer Entwicklung, auf dem kritischen Verhalten der Masse zu allen Momenten und Stadien des eigenen Klassenkampfes ihren Einfluß basiert, wird der Einfluß und die Macht der Gewerkschaften nach dieser verkehrten Theorie auf der Kritik- und Urteilslosigkeit der Masse gegründet. »Dem Volke muß der Glaube erhalten werden« – dies der Grundsatz, aus dem heraus manche Gewerkschaftsbeamten alle Kritik an den objektiven Unzulänglichkeiten der Gewerkschaftsbewegung zu einem Attentat auf diese Bewegung selbst stempeln. Und endlich ein Resultat dieser Spezialisierung und dieses Bureaukratismus unter den Gewerkschaftsbeamten ist auch die starke Verselbständigung und die »Neutralität« der Gewerkschaften gegenüber der Sozialdemokratie. Die äußere Selbständigkeit der gewerkschaftlichen Organisation hat sich mit ihrem Wachstum als eine natürliche Bedingung ergeben, als ein Verhältnis, das aus der technischen Arbeitsteilung zwischen der politischen und der gewerkschaftlichen Kampfform erwächst. Die »Neutralität« der deutschen Gewerkschaften kam ihrerseits als ein Produkt der reaktionären Vereinsgesetzgebung, des preußisch-deutschen Polizeistaates auf. Mit der Zeit haben beide Verhältnisse ihre Natur geändert. Aus dem polizeilich erzwungenen Zustand der politischen »Neutralität« der Gewerkschaften ist nachträglich eine Theorie ihrer freiwilligen Neutralität als einer angeblich in der Natur des Gewerkschaftskampfes selbst begründeten Notwendigkeit zurechtgemacht worden. Und die technische Selbständigkeit der Gewerkschaften, die auf praktischer Arbeitsteilung innerhalb des einheitlichen sozialdemokratischen Klassenkampfes beruhen sollte, ist in die Lostrennung der Gewerkschaften von der Sozialdemokratie, von ihren Ansichten und von ihrer Führung, in die sogenannte »Gleichberechtigung« mit der Sozialdemokratie umgewandelt.

Dieser Schein der Lostrennung und der Gleichstellung der Gewerkschaften mit der Sozialdemokratie wird aber hauptsächlich in den Gewerkschaftsbeamten verkörpert, durch den Verwaltungsapparat der Gewerkschaften genährt. Äußerlich ist durch die Nebenexistenz eines ganzen Stabes von Gewerkschaftsbeamten, einer gänzlich unabhängigen Zentrale, einer zahlreichen Berufspresse und endlich der gewerkschaftlichen Kongresse der Schein einer völligen Parallelität mit dem Verwaltungsapparat der Sozialdemokratie, dem Parteivorstand, der Parteipresse und den Parteitagen geschaffen. Diese Illusion der Gleichstellung zwischen Sozialdemokratie und Gewerkschaften hat auch u. a. zu der monströsen Erscheinung geführt, dß auf den sozialdemokratischen Parteitagen und den gewerkschaftlichen Kongressen zum Teil ganz analoge Tagesordnungen behandelt und zu derselben Frage verschiedene, ja, direkt entgegengesetzte Beschlüsse gefßt werden. Aus der natürlichen Arbeitsteilung zwischen dem Parteitag, der die allgemeinen Interessen und Aufgaben der Arbeiterbewegung vertritt, und den Gewerkschaftskonferenzen, die das viel engere Gebiet der speziellen Fragen und Interessen des beruflichen Tageskampfes behandeln, ist der künstliche Zwiespalt zwischen einer angeblichen gewerkschaftlichen und einer sozialdemokratischen Weltanschauung in bezug auf dieselben allgemeinen Fragen und Interessen der Arbeiterbewegung konstruiert worden.

So hat sich der eigenartige Zustand herausgebildet, dß dieselbe Gewerkschaftsbewegung, die mit der Sozialdemokratie unten, in der breiten proletarischen Masse, vollständig eins ist, oben, in dem Verwaltungsüberbau, von der Sozialdemokratie schroff abspringt und sich ihr gegenüber als eine unabhängige zweite Großmacht aufrichtet. Die deutsche Arbeiterbewegung bekommt dadurch die eigentümliche Form einer Doppelpyramide, deren Basis und Körper aus einem Massiv besteht, deren beide Spitzen aber weit auseinanderstehen.

Es ist aus dem Dargelegten klar, auf welchem Wege allein in natürlicher und erfolgreicher Weise jene kompakte Einheit der deutschen Arbeiterbewegung geschaffen werden kann, die im Hinblick auf die kommenden politischen Klassenkämpfe, sowie im eigenen Interesse der weiteren Entwicklung der Gewerkschaften, unbedingt notwendig ist. Nichts wäre verkehrter und hoffnungsloser, als die erstrebte Einheit auf dem Wege sporadischer oder periodischer Verhandlungen über Einzelfragen der Arbeiterbewegung zwischen der sozialdemokratischen Parteileitung und der gewerkschaftlichen Zentrale herstellen zu wollen. Gerade die obersten Organisationsspitzen der beiden Formen der Arbeiterbewegung verkörpern, wie wir gesehen, ihre Trennung und Verselbständigung in sich, sind also selbst Träger der Illusion von der »Gleichberechtigung« und der Parallelexistenz der Sozialdemokratie und der Gewerkschaften. Die Einheit der beiden durch die Verbindung des Parteivorstandes und der Generalkommission herstellen wollen, hieße eine Brücke gerade dort bauen, wo der Abstand am weitesten und der Übergang am schwersten ist. Nicht oben, in den Spitzen der Organisationsleitungen und ihrem föderativen Bündnis, sondern unten in der organisierten proletarischen Masse liegt die Gewähr für die wirkliche Einheit der Arbeiterbewegung. Im Bewußtsein der Million Gewerkschaftsmitglieder sind Partei und Gewerkschaften tatsächlich Eins, sie sind nämlich dersozialdemokratische Emanzipationskampf des Proletariats in verschiedenen Formen. Und daraus ergibt sich auch von selbst die Notwendigkeit, zur Beseitigung jener Reibungen, die sich zwischen der Sozialdemokratie und einem Teil der Gewerkschaften ergeben haben, ihr gegenseitiges Verhältnis dem Bewußtsein der proletarischen Masse anzupassen, d. h. die Gewerkschaften der Sozialdemokratie wieder anzugliedern. Es wird damit nur die Synthese der tatsächlichen Entwicklung zum Ausdruck gebracht, die es von der ursprünglichen Inkorporation der Gewerkschaften zu ihrer Ablösung von der Sozialdemokratie geführt hatte, um nachher durch die Periode des starken Wachstums sowohl der Gewerkschaften wie der Sozialdemokratie die kommende Periode großer proletarischer Massenkämpfe vorzubereiten, damit aber die Wiedervereinigung der Sozialdemokratie und der Gewerkschaften im Interesse beider zur Notwendigkeit zu machen.

Es handelt sich dabei selbstverständlich nicht etwa um die Auflösung des jetzigen gewerkschaftlichen Aufbaues in der Partei, sondern es handelt sich um die Herstellung jenes natürlichen Verhältnisses zwischen der Leitung der Sozialdemokratie und der Gewerkschaften, zwischen Parteitagen und Gewerkschaftskongressen, die dem tatsächlichen Verhältnis zwischen der Arbeiterbewegung im ganzen und ihrer gewerkschaftlichen Teilerscheinung entspricht. Ein solcher Umschwung wird, wie es nicht anders gehen kann, eine heftige Opposition eines Teils der Gewerkschaftsführer hervorrufen. Allein es ist hohe Zeit, dß die sozialdemokratische Arbeitermasse lernt, ihre Urteilsfähigkeit und Aktionsfähigkeit zum Ausdruck zu bringen, und damit ihre Reife für jene Zeiten großer Kämpfe und großer Aufgaben darzutun, in denen sie, die Masse, der handelnde Chorus, die Leitungen nur die »sprechenden Personen«, d. h., die Dolmetscher des Massenwillens sein sollen.

Die Gewerkschaftsbewegung ist nicht das, was sich in den vollkommen erklärlichen, aber irrtümlichen Illusionen einer Minderheit der Gewerkschaftsführer spiegelt, sondern das, was im Bewußtsein der großen Masse der für den Klassenkampf gewonnenen Proletarier lebt. In diesem Bewußtsein ist die Gewerkschaftsbewegung ein Stück der Sozialdemokratie. »Und was sie ist, das wage sie zu scheinen.«